춘향의 반란

왕광옥 시집

시인의 말

맨날 맨 꼴찌 달리는 마라톤 선수처럼

『먼 곳을 보고 있는 것 같소』가
이웃님들의 관심 속에 순항하고 있는 것 같아요
나의 책『먼 곳을 보고 있는 것 같소』에게
이 꽃을 선물하고 싶어요
카라의
노란색이 오늘 아침 유난히
맑고 깨끗하게 보이네유

왕광옥, 수고했다
넌 멋진 여자야
내가 널 안 알아주면 누가 알아주겠어!
넌 멋진 시인이 될 거야
맨날 맨 꼴찌 달리는 마라톤 선수처럼
허덕였는데
이젠 차분히 도서관에 앉아 글 쓰고 싶네요

목 차

제1부 - 나도 인삼과라오

나도 인삼과라오   11

멋스러운 한 울타리   12

개불알꽃   13

나팔꽃의 고민   14

사 슴   16

의자왕은 지금까지 불명을 안고 살았군요   17

화살나무의 햇볕을 빼앗아 먹지만   18

부추꽃   19

욕심(신 흥부널부전)   20

노력하면(조앤 롤링도 맨 처음부터 유명하지 않았다는 거)   22

빗살무늬 토기와 비파형검 암각화가   23

바다로 갔승께   24

난 너의 용기가 더 멋있다고 생각해!   28

세계에서 가장 아름다운 애국가   29

축구 선수가 아니면 받을 수 없는 저 영광   30

잠자는 30년 일본을 뿔강 넘었다네요   32

꼭 받고 싶다면 니가 뛰어 가서 차려!   34

제2부 - 붉가시나무

붉가시나무 40

그림자 41

무궁화 속에 독립군들의 얼이 들어있는 것 같아 42

꽃다발같이 43

아름다운 이야기 44

설문 할망 은덕이네요 47

그런 시인 남편을 둔 여자는 48

플라톤의 이데아와 아리스토텔레스의 이데아의 차이 49

장르를 뭐로 할까요 51

고국원왕의 부인 두 번 왕비 되다 53

어사또 나리, 춘향이 해방시켜주! 54

중국아? 59

개똥밭에 굴러도 이승이 좋다지요 60

어성초 62

작가입니다 63

나하고 놀아주면 훼방 안 놓지! 64

보라여라 65

성균관 유생들과 글쓰기 대회 하듯 66

원초적 사랑 67

제3부 - 그림 속의 배

그림 속의 배	70
홍매화	71
백두산 천지	72
뿌듯한 마음이랄까!	73
부족한 나에게 네가 못 듣는 것뿐이지!	74
송준기	76
이쁘다고도 똑똑하다고도 말하지 않는 너! 백년초!	77
삼성이 애플을 믹서에…	78
이런 날 호랑이가 장가갈 이유가 없다	80
정의는 개나 주어라	82
쌤쌤	83
칼보다도 무서운 글을 안고 있거든!	84
조팝나무	85
봉선화	86
부 활	87
아파트 담벼락에 핀 꽃	88
함안댁과 행랑 아범	89
벌과 김재덕	90
왕검성이 있는 고조선의 땅 비탈에서	91

제4부 - 봉황이

봉황이   94

대원군 민비 중 하나만 덜 똑똑했더라면!   95

그렇게 멋진 곳을 볼 수 있었을까요   96

야! 인간아!   97

인간과 너 사이 별 차이 아니야!   98

버찌 하나 따 물고   99

을지문덕   100

송장 메뚜기의 복수   102

신채호의 조선상고사에는   104

어느 날 여고 시절   108

당신의 못다 한 말을…   110

타버린 역사책 속에나 있겠구나!   112

하늘님도 너도 나도 모두 지구인   116

애기사과꽃   117

호랑이굴에 들어가도   118

떨리는 이병헌의 얼굴   119

코스모스와 노는 바위   120

나도 한 번쯤   122

시집 해설   125

제1부

나도 인삼과라오

나도 인삼과라오

환삼 덩굴
내가 인삼의 본향인지
인삼이 나의 본향인지는 모르지만
인삼은 나라님이고 나는 천덕꾸러기라오
시인이
나를 이렇게 이쁘게 찍어주니
인삼과라고 떳떳이 말하오
길거리 먼지에, 거미줄에 싸인 나는
천덕꾸러기 그 자체죠
그래도 나라님이 안 부러운 건 내 힘으로 살아간다는 것
금수저 물고 나와서
금수저 핥아먹고 가는 신세보다 훨 낫지 않수?

멋스러운 한 울타리

한 울타리
너,
정신 차려!
내가 너 노리고 있어!

난
너의 대하여
최고의 시를 쓰고 싶어!

개불알꽃

봄이 이렇게 곰살맞게 눈앞에 아른거리는 건
벚꽃이 사르르르 피어 주기 때문이다
길가에 민들레가 웅큼웅큼 피어 주기 때문이다
봄이 시꺼먼 땅속에서 푹 솟아나는 건
애기똥풀이 힘찬 운동선수처럼
땅속에서
노란색을 뿜어내기 때문이다
봄이 겨울 기차처럼 오르락내리락하는 건
겨울이 가기 전 피어오는 파아란 듯
키 작은 개불알꽃이 피기 때문이다
누구도 모르는 그 이름
개불알꽃
인터넷에서 오늘 찾아낸 그 이름
겨울과 봄을 이어주는 생명의 이름이구나

당뇨에 고혈압 고지혈증에 좋다네요
전초를 달여 먹고 말려 차로 먹으면 좋다네요

나팔꽃의 고민

흔하디흔한 꽃
너무 많이 피어서 슬픈 꽃
딸기처럼 앵두처럼 과일이었다면
봄, 여름, 가을 없이
애초기에 내쳐지지는 않았을 거
나도 맛있는 과일이 되어야지
매실처럼, 앵두처럼, 딸기처럼
첫걸음부터 향해 가야지
나에게 어울리는 과일은
가운데손가락에 딱딱 붙어라
나팔 콩 씨, 나팔 팥, 나팔 동부
과일 쪽보다는 열매 쪽이 우세다

추석이 되면 베어지는 풀꽃들
베어져 버린 나팔꽃을 보며
점점 인간이 선호하는 과일이나 열매로
변해가지 않을까 하는 생각이 듭니다
독이 들었다는 나팔꽃 씨보다는
콩 씨나 팥 씨처럼 인간이 먹는 열매 쪽으로 가지 않을까 하는 생각
그래야 살아남을 수 있다는 유전자가 작동하지 않을까요

독이 있어 살아남았는데
그 독으로 인간에게 내쳐져서 풀이 되어 버린 나팔꽃
애초기 소리가 무서운 나팔꽃
인간 옆으로 가야 살아 남을 수 있는 꽃
일제 시대 배반자들과 다르오
오로지 살아야 한다는 목표가 있을 뿐!

사 슴

숲속의 마라토너
이름만 들어도
금방 사자한테 잡히진 않을 것 같죠
숲속에서 수 억 년을 살았다오
사자와 싸워서 백 전 99승이라오
1승은 지는 놈도 있어야
사자도 먹고살죠
지고 싶어 지는 건 아니고
어리다거나 다쳤거나 한눈판다거나
그날 운이 없다거나
그날 1패죠!
사라지는 거죠, 사자의 뱃속으로!

의자왕은 지금까지 불명을 안고 살았군요

의자왕의 삼천궁녀 이야기
의자왕의 삼천궁녀는 없었다네요
이긴 자의 기록이고 의자왕이 못된 군주여야
백제의 인심을 빨리 잡을 수 있었겠지요
그 후 문인들의 글발이 먹히는 쪽으로 가다 보니
의자왕은 술과 여자의 왕이 되었다네요
의자왕은 정복 전쟁과 왕권 강화에
힘쓴 왕이었다네요
지방관(웅진 산성 주) 예덕진에 체포되어 당으로 끌려간 것이죠
그 후 예덕진은 당의 3품 벼슬을 받았다네요
왕을 팔아넘긴 예덕진
의자왕은 망한 후 지금까지 불명을 안고 살았군요
점점 미스테리가 풀리게 되겠지요

화살나무의 햇볕을 빼앗아 먹지만

볼수록 예쁘네
이 꽃은 풀로 피어났지만
정원수에도 어울릴 것 같아!
풀로 태어난 꽃이 어디 있겠어!
사람이 정한 거지!
그러니까
이제부터 너를 정원수에 포함할게!
이름이 계료등이던가….
지금은 화살나무에 기생하여
화살나무의 햇볕을 빼앗아 먹지만
이제부턴 멋진 정원수로 자라렴

부추꽃

작다고 해서
화려하지 않다고 해서
꽃이 아닌가요
벌이 놀러 오고 나비도 놀러 오고
결코
나더러 꽃이 아니라고는 안 하네요
나는 꽃입니다
당신의 입맛에 안 맞는다고
꽃이 아닌 건 아니지요

욕심 (신 흥부널부전)

흥부가 아내와 산책을 나갔다
산책 도중 아내가 호수에 빠졌다
그때 산신령이 나왔다
김거니가 네 마누라냐?
아닌데요
박그네가 네 마누라냐?
아닌데요
그럼 순살이가 네 마누라냐?
아닌데요
너는 착하구나
네 마누라와 거니, 그네, 순살이를 첩으로 주마
그 말을 들은 널부가
아내를 데리고 호수가로 갔다
산책 나온 사람들이 널부 마누라를 쳐다보았다
와 이쁘다 날씬하고 멋지고 센스 있고…
널부는 그보다 더 이쁜 여자가 생겼으면 했다
그래서 마누라를 살짝 호수로 밀었다
그때 산신령이 후다닥 나타났다
오 널부가 왔구나
그럴 줄 알고 내가 미인계를 썼지! 하며

바지춤을 잡고 물속으로 풍덩 들어가 버렸다

욕심을 부리면 내 것도 잃는다는 것을 가르쳐주네요

노력하면(조앤 롤링도 맨 처음부터 유명하지 않았다는 거)

숨김없이 있는 그대로 보여주는 부추꽃
잘났다고 꾸미지도 않고
순수 그대로 보여주는 꽃
날 꽃 보려고 심은 건 아니잖소
조금 크면 잘라 버리고
또 조금 크면 잘라 버리고
이 밭의 주인이 날
이렇게 꽃피우게 했구려
나도 꽃이라는 거 이제 알았소
벌 나비는 편견이 없다는 거…
조앤 롤링도 맨 처음부터 유명하지 않았다는 거…
먹어보고 키워보고 잘라보고
꽃도 피우게 하는 당신
그 시간이 얼마나 길고 짧은가 하는 것이 문제구려

빗살무늬 토기와 비파형검 암각화가

우리나라 고조선이
한나라 무제 때 멸망했다네요
요새인 왕검성에서 오랫동안 버텼는데
항복하자는 자와 싸우자는 자의 갈등으로
그만 순식간에 무너졌다네요
우리의 본향인 만주가 그래서 사라졌네요
빗살무늬 토기와 비파형검 암각화가 고조선의 위치를 말해준다네요
중국에는 암각화가 없대요
만주에 있는 암각화와
우리나라에 있는 암각화가 거의 비슷하대요
종족이 같다는 이야기지요
역사, 정말 재미있어요

바다로 갔승께

바닷가에 마을 사람들이 나와서
눈물 바람을 하는데
청아 이제 가면 언제 또 만나냐! 흑흑흑
그때 팥쥐 모와 팥쥐가 나타났다
네가 청이냐? 난 팥쥐 모인데
너 대신 내가 가면 안 되겠냐?
안 되어요, 이미 삼백 석을 시주해 버렸어요
삼백 석이 문제냐 삼천 석도 문제없다
내가 왕비만 되면…
그때 팥쥐가 엄마 내가 갈게
가서 오백 석 마련해서 엄마 이백 석 줄게!
그랬더니 뱃사공이 팥쥐를 싣고
떠나 버렸어요
청이는 아버지를 만나
오! 청이냐
너 없이 내가 눈을 뜬 들 무슨 재미로 사냐?
이것아!
청아하며 눈에 힘을 주니 심봉사 눈이
발딱 떠져 버리는 거예요
시주 효과 빠르네유~
심청이는 심봉사가 아닌 심학규 씨와

신나게 잼보리 막판 파티에 가서
멋진 춤을 추었지요
그 많은 규수들 중
누가 청이였을까요…
팥쥐는 어떻게 되었냐고요?
바다로 갔승께…

안녕하세요, 왕광옥인데요
잼보리 파티가 너무 멋져서
청이를 그곳에 세워주고 싶었어요
이 시기가 끝나면 재미없을 것 같아
글 올리네유
네이버 블로그에 마침표 찍었는데
오늘 글 올리네유
건강하시지유?

잼보리가 끝나기 전에 청이를 화려한 곳으로
초대하고 싶었습니다
청이는 우리의 아픈 손가락이죠
이렇게나마 즐겼으면
청아! 이제 아픈 가슴 내려놓아도 되겠지?
마침표를 찍었는데
잼보리 이 시기가 끝나면
청이를 초대할 날이 없어서 들어왔어요

우리의 모태는
신화와 전설 전래동요 등에 있다고 생각합니다
콩쥐 팥쥐 심청전 등에
현대 시를 우리의 모태 속에 섞고 싶었습니다

난 너의 용기가 더 멋있다고 생각해!

황희찬
간댕이가 부은 남자
그 자신감은 어디서 오남
손흥민이 얻은 페널티킥을
내가 차겠다고 한 황희찬
흔쾌히 넘겨주는 손흥민
그 장면 아름다웠어!
잘못 찼더라면
역적이 될 수도 있었는데
멋지게 성공하는 황희찬
자신 있었겠지!
그러나 모를 일이잖아!
골키퍼도 잠자고 있진 않을 테니!
노골을 생각하면 내 가슴이 아찔한데
황희찬!
심장은?
간은 제대로 붙어있니?
노골이었다 해도
난 너의 용기가 더 멋있었다고 생각해!
간담은 서늘하지만…
사랑해 황희찬!

세계에서 가장 아름다운 애국가

일본 야구장에서
우리나라와 일본의 경기가 있었나 봐요
애국가가 맨 처음에는 멜로디만 나왔는데
중간부터 오십여 명이 크게 따라 불렀답니다
오만 오천여 명의 관중들이 박수를 보냈다네요
그 장면을 보는데
나는 왜 눈물이 나오죠?
눈물은 왜 짠가!
한국인이라는 혈맹이
무언의 감추어졌기 때문 아닐까요?
남의 나라 운동장에서도
자신 있게 부를 수 있는 대한민국
대- 한민국입니다

축구 선수가 아니면 받을 수 없는 저 영광

손흥민
코너킥 하나 차는데도
공을 이리 둥글 저리 둥글
또다시 바꾸고 또다시 바꾸고
차고 싶은 곳에
골키퍼가 서 있지 않나 하는 생각이 든다
또 바꾸면 골키퍼가 또 그곳에
또 바꾸고
골킥의 그 조그마한 공간에
1밀리라도 움직이는 쏘니의 손
골키퍼와의 심리전이겠지만
관중석엔 떠나갈 듯 쏘니 쏘니 환호성이고
잘못 찼다가는
다 되돌아가 버릴 것 같은 환호! 환호!
손 선수의 심장은
우리의 열 배쯤 뛰지 않을까 하는 생각이 든다
어느 곳을 찔러야 통과할 수 있다는 것을 직감하고 있으나
골키퍼도 귀신과 맞먹으니
공을 뒤집고 또 뒤집고
주심이 귀엽다고 웃어준다고 해설자의 설명

만약 톱스타가 아니었더라면
저렇게까지 뒤적일 수조차 없었을 것이다
저 환호
축구선수가 아니면 받을 수 없는
저 영광
글로나마 그 영광을 써 본다

잠자는 30년 일본을 뽈강 넘었다네요

난 요즘 휴대폰을 끼고 산디
국가의 위상을 보며 너무 감격하고
우리나라 치안을 보며 감격하고
백운기 앵커의 뉴스에 웃는다
정규 채널에서는 못할 말도
재치 있게 한다
우리나라가 이만큼 컸으니
독립운동가들 모셔서 알리고 싶은 마음
만주 어딘가에 묻혀있을 걸 생각하면
가슴이 아프다
인플루언서들이 한국이 다 좋다고 하니
고맙고 감사하다
아르헨티나의 땅도 우리나라가 살 거라니
박수를 보내오
아르헨티나가 외환 위기라네요
우리도 20년 전 겪어 봤지 않소
중국이 사려는데 아르헨티나의 국민 감정이 안 좋고 미국이 반대
라네요
우리나라가 두 배가 된다니 박수 칠 수밖에…
일본 놈과 해상에서 싸웠는데
우리나라 작은 배가 고래만 한 일본 배를 침몰시켰다네요

하여 배 수주가 많아질 거라네요
그런 중에
명품백이 웬 말이요
냉동 김밥의 인기가 떨어질까 무섭네요
국밥도 인기고
치안이 좋아서 한국에서 살고 싶다니
듣기만 해도 좋소
도둑이 없어서 좋고 화장실이 깨끗해서 좋고
음식이 맛있어서 좋고
다 외국인이 하는 소리요
백석이 나타샤를 우러러봤는데
어느 러시아인은 한국인이고 싶어 했어!
격세지감이 느껴지더군
그 러시아인은 정말로 한국을 사랑했었어!
반갑고 사랑스러웠어!

꼭 받고 싶다면 니가 뛰어 가서 차려!

심한 몸살로 입원해 있는데
시모가 생일상을 차리란다
남편에게 하소연했더니
며느리 도리는 해야지 당장 퇴원해!
병원으로 문병 오시던 아빠가 그 소리를 들었다
일어나지도 못하는 나를 보고는
옆에 있는 남편의 뺨을 갈겼다
너를 낳아준 모친인데 니가 차리던지
니 형제간이 차려야지 아픈 사람이 차려!
며느리가 입원해 있는데
생일상을 꼭 받고 싶다니?
꼭 받고 싶다면 지금 뛰어가서 니가 차려!
짐승만도 못한 것들!
내 자식이 아까우면 남의 자식도 아까운 거 알아야지!
며느리 도리는 알면서
남편 도리 시 부모 도리는 모르는구나
너무나 시원하네요
언제부터 시누이 시동생 시아주버님상까지 차리는 사람도 있더라
고요
시모님도 내 자식들 생일상 차리고 싶으면
자신이 차려 주세요

자기는 하기 싫고 맨날 며느리에게 시키네요

사실 며느리는 당신 자식들과는 한 다리 건너요

어찌 보면 남 일 수도 있어요

우리나라 식구의 개념을 한 솥밥을 먹는 사람으로 한정해야 해요

시누도 시아주버님도 이혼하고 오면

전부 며느리 몫이 되더라구요

집에서 놀고 있는 딸 두고

병원에 있는 며느리에게 상 차리라니요

대우받고 싶다는 얘기겠지요

선물도 받고 싶구요

집에 딸 있는데도 직장에 있는 며느리 월차 내고 와서 상차리라는

시부모도 있더라구요

시부모도 시부모 다워야지요

며느리도리 운운하지 마세요.

시부모 도리도 있는거에요

행사 때마다 일이 생길 때마다 시부모는

나가사는 며느리 부르지 말아야 해요

며느리 집도 맘대로 출입해서는 안 돼요

연락하고 가야죠

며느리 생일은 아무도 모른 채 하는데

대여섯 살 시조카 생일이라고 초대하면

선물 골라 사가서 설거지만 해주고 오는 거죠

며느님들 불합리하다고 생각 들면 하지 마세요

요즘은 시누들한테 명품빽 사준다네요
잘 보이려고요
일 년에 하나씩 사주면
집안이 망하는 게 아니라
나라가 망하겠네요
생각하며 삽시다

제2부

붉가시나무

붉가시나무

너
생기면서부터 빨갛게 잎을 피우더니
꽃도 화려하구나
어느 여배우 가슴에 달렸던
브로찌처럼!

나도 한 번쯤 너처럼 살아보고 싶어!
씨를 맺으려고도 열매를 달려고도 않는 너
그냥 화려하게 왔다 가버리는
어느 여배우처럼
새싹부터 빨알갛게 올라오더니
어느 여름날 비바람에 상처받고
그냥 무너지더라
한때라도 멋지게 살아본 너
가시나무야
난 너의 그 한때만이라도 가져보고 싶구나
그 한때가 너의 최고의 순간이었다는 거
알랑가 몰라!

그림자

어느 가을
누군가 뿌려둔 풀밭에 코스모스가 피었어요
주차장 만들려고
포클레인이 지나가고
운명처럼 살아남은 코스모스 한 포기
가지도 여기저기 꺾였지만
보란 듯 피어난 꽃 한 송이
나를 찍으려고 안 했는데
해가 내 뒤에서 나를 만드네요

무궁화 속에 독립군들의 얼이 들어있는 것 같아

지금 피는 꽃이라곤
무궁화밖에 없네요
보랏빛 나는 무궁화
백무궁화보다 더 많이 보아온 꽃
초등학교 때 밭에 가던 길에 쓰러진 담에 기대
피어있던 무궁화
20년 전까지만 해도 피어있었는데
지금은 그 자리가 어딘지도 모르겠더구만…
지금은 아파트 높이 쌓기 담에 피어있는데
볼 때마다 밭에 가던 길의 무궁화가 생각나네요
무궁화 속에 독립군들의 얼이 들어있는 것 같아
가슴이 찌릿 아프고
잘 사는 것이 당신들 덕입니다, 해 보아도
말뿐이죠
미안합니다
솔직하게 재미있게
숨겨져 있는 철학 속으로 들어와 보지 않으실래요?
그 한때가
너[1]의 최고의 인생이었다는 거 아실랑가요

---

1 '너'는 무궁화도 되지만 독립군을 말함

꽃다발같이

칠충각 앞의 민들레
일곱 명의 충신각에
잔디가 깔렸는데
한 포기 민들레가
어찌어찌 날아와
피우더니
십여 년 지난 오늘
잔디는 간곳없고 노오랗게 피어있는
민들레 꽃밭
사람들 발길이 오가니
키 작은 민들레로 피어
충신들의 마음을 노오랗게 피우는구나
꽃다발같이

아름다운 이야기

세 할머니가 한 병실에 누워 있었다
창가에 할머니가 시를 읊듯
창가의 보이는 광경을 노래했다
하이얀 눈이 왔네
아이들이 눈사람을 만들고 있어!
코도 삐뚤, 입도 삐뚤,
신나는 우리 새끼들!
하고 읊자 옆에 있던 할머니가
나도 한번 보여 줘 했다
할머니는 '안 돼' 하며 커튼을 쳐 버렸다
오늘은 아이들이 눈싸움을 하고 있어!
나도 저만 할 때가 있었지!
옆의 할머니 두 사람이 사정했다
나두 한 번만 보여 주슈! 애원했다
'안 돼' 하며 커튼을 쳐 버렸다
봄에는 아름다운 벚꽃 이야기를
여름에는 장미 이야기를
가을에는 낙엽 지는 풍경을 읊어 주었지만
절대로 보여 주질 않았다

어느 봄날, 그 할머니가 돌아가셨다
그다음엔 다른 할머니가 그 자리를 차지했다
수선화가 피었어! 그 밑에 민들레도 피었네
저 아인 학교 가기 싫은가 봐!
나도 그럴 때가 있었어!
할멈, 나도 한 번만 그 풍경을 보여 줘 했다
'안 돼!' 하며 커튼을 내려 버렸다
오늘은 백일홍이 피었네
한들한들 저 코스모스 누가 심었을까?
할멈 나도 한 번만 보여 줘 봐!
'안 돼' 하며 커튼을 내렸다

그 할머니도 무지개다리를 건너고
다른 할머니가 그 자리를 차지했다
그렇게 보고 싶었던 창밖!
커튼을 여는 순간
창밖은 콘크리트 벽이 손에 닿을 듯 서 있고
눈사람이고 장미 수선화도
먼저 간 할머니들의 이야기였음을 알았다
할멈들! 그 이야기 참 재미있었어!
그렁그렁한 눈물을 닦으며
그 할머니의 이야기는 계속되었다

찬바람이 불고 있어!

눈이 내리네

그대가 가버린 지금!

눈이 내리네, 외로워지는 내 마음…

샹송인 듯 아닌 듯

할머니의 마음의 시는

더 간절하고 아름다운 풍경으로 읊어지고 있었다

설문 할망 은덕이네요

어쩐지 태풍이 일본으로 가더니
설문 할망 은덕이네요
나 초등학교 때
선생님이 우리나라 개화가 늦은 건
태평양에서 오는 바람을
일본이 막아서라 했는데
자연도 다 해석하기 나름이네요
자연을 넘어서야
사람 사는 세상이 있다는 거!
아실랑가요?

그런 시인 남편을 둔 여자는

접시꽃 하면
접시꽃 당신이 떠오른다
멋진 시상이다
그런 시인 남편을 둔 여자는
행복하지 않았을까…

접시꽃 당신을 둔 시인은
해마다 접시꽃 당신을 볼 수 있어 좋겠네요
늙지도 않고 항상 젊은 접시꽃 당신
시상이란
언제나 가슴에서 나오는 것이니까요

플라톤의 이데아와 아리스토텔레스의 이데아의 차이

오늘 공공 도서관에 김현 교수가 왔다
니코마코스의 윤리학 강의다
알 듯 말 듯한 아리스토텔레스의 철학을 조금 이해한 느낌
철학도 쉽게 얘기해 주면 다 이해한다
교수의 역량이다
라파엘로의
플라톤과 아리스토텔레스의 그림에서
플라톤은 위를
아리스토텔레스는 가운데 인간을 가리키고 있다
이상주의와 현실주의
급진적: 개혁적
강의자에 따라서 플라톤이 위인 거 같기도 하고
아리스토텔레스가 위인 거 같기도 하고
위아래가 아니라 옳기도 하고 아니기도 하고

행복하려면 세 가지가 필요한데요
무언지 아세요?
1. 돈이 있어야 하고
2. 질 생겨야 하고
3. 신분이 높아야 하고
그 시대의 요건이었죠

그 시대가 기원전 3~4세기라니
21세기인 지금은 다르냐 하면 그것도 아니죠
돈이 있어야 행세할 수 있고
귀족으로 태어났어도
곱사인 어느 화가는 불행했죠
신분이 낮으면 어디에 나갈 수가 없죠
지금이라고 다르나요
좋은 곳엔 다 갖춘 사람만 있어요
이상입니다

장르를 뭐로 할까요

약할 거 같지라
사자와 싸웠건 도망 다녔건
몇 만 년을 살아온 나라오
사진에 나온 건 연출된 것이고
나를 나답게 찍어주오
난 초원의 마라토너라오

난 빌딩 속의 사슴이죠
누가 보아도 약할 것 같은 모습이죠
누가 보아도 연약한 내 모습
그래도 나한테만은
자기의 일생을 말해주고 싶다네요
이제 가버리면 끝인데
이승에 내 한 자리 남기고 싶다네요
사십년지기 친구한테도 못한
이야기를 해주며 눈물 흘리시던 할머니
가버리면 내 인생은 없어!
글 쓰는 양반이니 내 인생도 이승에 남겨줘 하시더니
지금은
길에서 만나면 모른 체하고 가시더라고…
너무 부끄럽다고…

묻고 싶은 게 있는데!

이 할머니는 글을 못 쓰니까

남기고 싶은 이야기를 나에게 해준 거죠

이사 와서 첫 번째 만난 사십년지기 친구에게도

못한 이야기를 나에게 해 주셨어요

먼 길 갈 시간은 다가오는데

못 풀고 갈까 봐 선택을 했는데

나였다우

길에서 만나면 부끄러워서 고개 돌리지만

이야기 끝내면서 속은 시원하다 하더라고요

장르를 뭐로 할까요

남의 이야기를 썼으니 남의 수필이라 할까요

이야기는 제5시집에 싣겠습니다

고국원왕의 부인 두 번 왕비 되다

고국원왕이 죽고
왕비는 고국원왕의 동생을 찾아갔다
밀담을 했지요
왕의 자리를 줄 테니 나를 왕비로…
시동생은 NO 했죠
아들이 없으니 당연히 순위는 자기 거니까!
왕비는 그래 다른 시동생을 찾아갔다
또 속닥속닥 그 시동생은 웬 떡이냐 하며
받았죠
그래서 왕이 되었죠
그 우씨 부인은 형사취수의 법칙을 내세우며
또 한 번 왕비 자리에 앉았다
내가 하고 싶은 말은
우씨 부인이 죽어버린 왕 앞에서 좌절하지 않고
새로운 길을 개척했다는 것
지는 해에서 떠오르는 해를
만들 수 있는 능력
얼마나 많은 반대가 있었겠는가!
새 길을 열었다는 것에 대해 경의를!
과감한 뱃심!
왕과 자식에게도 물려주지 그러셨소!

어사또 나리, 춘향이 해방시켜주!

독수공방 춘향이 한숨 쉬고 있을 제
어디선가 주르륵 비 오듯 내려앉은 사나이
오메 누구시단가요?
놀라지 마시오, 나는 홍길동이요
길동 씨가 어쩐 일이시단가요?
춘향 씨를 모시러 왔제라
뭐시라고라! 나는 이몽룡 어사또의 안방 마님인디
나를 모셔 간다고?
춘향 씨! 이팔청춘은 가고 독수공방에 안방 고목인디 괜찮소?
우리 율도국은 신생국이지마는 일부일처제요
일부일처제가 뭐단가요?
일부일처제란 한 사람의 여자와
한 사람의 남자가 결혼한다는 뜻이요
조선은 일부다처제여서 한 남자가 여러 여자와
여러 번 결혼한다는 뜻이요
오메 그것 좋것소이
그러니 우리 율도국으로 갑시다
아무리 좋아도 우리 몽룡 서방님이 계신디 어딜 가것소
어사 출두요 그것만 생각하면 지금도 가슴이 뛰고 벅찬디
그런 서방님을 두고 어디 가겠소!
춘향 씨 날마다 독수공방이제라

그때는 그때고 그때는 가부렀소 서방이래야

날마다 어사질 한다고 지방에 가고

일 년에 한두 번 만날까 말까 할 것인디!

그래도 어쩌것소 그것도 팔잔디~!

율도국으로 갑시다

안 되제라 난 우리 몽룡 서방님 두고 못 가요

내가 다른 사람 소개해 주면 안 될까요?

누구를 소개해 줄라고?

우리 월매 엄니는 어쩌것소?

뭣이라~

아무리 신생국이지만 일국의 왕인디

내가 좋아하지 않은 여자랑 결혼하라고!

춘향 씨야 율도국 백성들도 좋아하니께 환영하겠지만

월매가 가며는 다 뒤돌아서 버릴 것인디!

그러면 뺑덕 어멈은 어쩌것소?

뺑덕 어멈은 심청이가 공양미를 바쳐서

심학규 씨가 눈을 떠서 지금 신나게 세상 구경 하는디

뭔 소리당가 조선에 살면서 그 소문도 못 들었남

그럼 팥쥐 엄마는

팥쥐 엄마는 팥쥐가 바다로 간 뒤

팥쥐가 안 돌아오니 정신이 나가서 길거리 신세라던디

춘향 씨는 인터넷도 안 보요?

우리 율도국 백성들은 인터넷 안 보는 사람이 없는디

조선이 우리 율도국보다 아이티 산업이 늦는가 보오

그때 밖에서 에헴 소리가 들렸다

오메, 우리 서방님이 오신가 보오 하며 옷 단장을 한다

그러면 나는 가볼라요 쌩 갈 테니까 인터넷 띄우시오

하며 바람처럼 사라졌다

인터넷이 있어야 띄우제…

오호 춘향 부인, 오랜만의 왔는디 왜 그리 안색이 안 좋고

힘이 빠졌소

안 반갑다 그 말이요

조금만 빨리 오시던지 조금만 늦게 오시든지 했어야

길동 씨를 못 만났든지 길동 씨를 따라가든지 했지요

뭣이 길동이 홍길동 말이요 길동이가 여길 왔단 말이요

빨리 신고하지 않고 뭐했단 말이요

신고해 봤자 바람처럼 날아다니는지 어떻게 잡는다요

날아다니는 거 봤소

내 눈으로 똑똑히 봤소,

금방 서방님 소리 듣고 바람같이 사라졌소!

참말로 날아다닌다고?

나보고 율도국 왕비가 되어 달랍디다 율도국은 일부일처제라네요

그래서 가고 싶었단 말이요

아니지요, 아직 길동 씨의 말을 듣고 답도 안 했는디

서방님이 오셔 부렀소

억울하오?

아닙니다, 어찌 내가 어사 출두를 잊는단 말이요

하여 월매 엄니, 뺑덕 어멈, 팥쥐 엄마를 소개해 드렸더니

인터넷 안 봤냐고 하면서

율도국이 조선보다 문화가 더 빠르다네요

뭣이라고! 조선에서 쫓겨난 자가 율도국 왕이 되었다고

그리고 문화가 조선보다 발전했다고!

쳐 죽일 놈! 하며 길동이를 잡는다며 박차고 나가 버렸다

서방님 아까까진 서방님을 떠날 수 없었는디

이제 보니 생각의 차이가 엄청 크네유

길동 씨는 깨어있는 사람인디 서방님은 지금도 잠자고 있그만유

길동 씨를 사랑하지는 않지만 사랑이 밥 먹여 주남유!

길동 씨 한번 대화를 해 봅시다

심청이 아이돌 가수가 되어 엄청 떴다는 소문은 들었구만유

나도 율도국 가면 아이돌 가수가 될 수 있을까요

율도국에서 춘향이가 인기라면서요

나도 율도국 가서 아이돌 가수가 되어볼까요!

서방님은 바람이 된 길동 씨 잡으러 갔으니

언제 돌아올지 모르잖아유!

길동 씨 내가 컴퓨터를 못 하는 게 아니라

조선에 인터넷이 없어 못 하니

바람처럼 날아왔다 가시요잉 나도 성난 춘향이,

춘향이가 되고 싶소

율도국 가서 한국의 심청이처럼 아이돌이 되고 싶다고라!

망부석 같은 안방마님은 저리 가라

나는 왕비 같은 건 필요 없소!

심청이 같은 아이돌이 될 거야
어사또 나리, 춘향이 춘향이를 해방시켜주!

우리의 모태는
신화와 전설 전래동요 등에 있다고 생각합니다
춘향전과 콩쥐 팥쥐 심청전 등에 우리의 모태가 있지 않을까요
현대 시에 우리의 모태를 섞고 싶었습니다
그리고 역사는 중요하죠
나는 역사 공부를 열심히 하고 있으며
전설 속에 역사는 살아 있더라고요

중국아?

공자 너 가져!
한국 사람중 단 한 사람도
공자가 한국 사람이라고 생각하는 사람 없어!
너희는 문화혁명 때
공자 버렸잖아!
한국은 공자를 버리지 않았어!
사당에 고이 모셔 주었지!
그래도 중국의 공자님이라 했지!
안내문에도 중국의 공자님이라 써 있어!
그러나 지금은 버리고 싶어!
니들이 하도 나대니까.....

개똥밭에 굴러도 이승이 좋다지요

세계 3대 테너 명장이
루치아노 파바로티, 플라시도 도밍고, 호세 카레라스지요
도밍고와 카레라스는 원수지간이었지요
도밍고가 노래하는 곳엔 카레라스가 안 갔지요
1986년 카레라스가 헤르모사 백혈병에 걸렸지요
돈이 없어 카레라스가 죽어가고 있었어요
그때 어느 재단에서 카레라스를 도울 수 있을 것 같다고 했어요
그 재단 도움으로 카레라스는 건강을 찾았지요
그리고 자기를 도운 그 재단을 찾았어요
이제 내가 재단을 도울 수 있다고…
그 재단의 정관을 보고 카레라스는 깜짝 놀랐어요
그 재단의 이사장이 플라시도 도밍고였거든요
카레라스는 왜 그런 말을 나에게 해 주지 않았느냐고 물었지요
직원은 당신이 자존심상 거절할까 봐
당신을 돕기 위해 도밍고가 세운 재단입니다
그 후 도밍고의 공연에 카레라가 가서 노래를 불렀지요
그리고 무릎을 꿇고 감사의 말을 전했지요
도밍고에게 물었지요
왜 카레라스를 도왔냐고
그랬더니 도밍고 왈
카레라스의 노래를 잃고 싶지 않아서라고 했다네요

이 세상에 이렇게 아름다운 이야기만 있다면 얼마나 좋을까요
하늘나라엔 꽃밭만 있다지요
평생 꽃만 보면 지겹지 않을까요?
카레라스와 도밍고처럼
싸우다 더욱 친해지는 사이가 되는 지구가
진짜 천국입니다
그래서 개똥밭에 굴러도 이승이 좋다지요

어 성 초

생선 비린 것은 맛있다 하고
나는 왜 싫어하나요
푸르고
인간이 좋아하는 하트 모양의 잎 구조
매력 있지 않나요
천천히 보세요
자세히 보세요
이쁜 구석이 있을 거요
[2]어떤 시인이 나보며 하는 말일 거요

2 나태주의 「풀꽃」

작가입니다

시는
자연을 떠나 도시로의 입성
시는 갈 곳 몰라 허둥대고
1980년대쯤에 피부에 닿는 산업화의 뿌리를 두었으나
시인은
산업화의 흐름을 타지 못하고
출판사의 연이은 도산!
시인은 더욱 가난하고
출판비도 못 건지는 대부분의 시집들
시집을 낸 시인이라는 작은 명예만이
멍에처럼 달려
오늘도 멍에를 안고 시와 뒹군다

나하고 놀아주면 훼방 안 놓지!

비가 오네
단층집에 살 땐 몰랐는데
5층에는
조곤조곤 비가 오네
비끼리 하는 말
떨어지면 아플까?
아프겠지!
땅을 촉촉이 적셔 주고
아스팔트를 씻어주는 우리 비
우리의 로또가 뭔지 아니?
농부가 논밭에서 일할 때
한바탕 소나기로 논밭을 적셔 줄 때
장다리 밭에 벌 나비가 재미있게 놀 때
한바탕 훼방 놓는 그 기쁨!
나하고 놀아주면 훼방 안 놓지!

왕광옥의 두 번째 시집
『내가 악마로 보이니?』 53쪽에 있습니다
내 시이지만 내가 좋아하는 시입니다
나는 고전과 현대를 아우르고 싶습니다

보라여라

꿈일까?
공모전 당선!
언제?
꿈이 보이는 듯한데
잡히진 않고
먼 산만 바라보자니
어지러운 것들이 나불거리며
행세하네
문학계만이라도
보랏빛 꿈을 꿀 수 있도록
보라여라!
보라여라!
보라여라!

성균관 유생들과 글쓰기 대회 하듯

우리 집에 군자란이
5개 피었다
4개는 올라오는 중
총 9개다
해마다 선물하니 숫자가 준다
올해도 13개 정도 예상했는데…

스멀스멀 올라와서는
빨간 관복 입은 나라님처럼
보아라 한다
누가 봐 주든 말든
성균관 유생들과 글쓰기 대회 하듯
바르게 피어서 정도를 지킨다

원초적 사랑

장마여서
여기도 촉촉 저기도 촉촉
무당벌레가 사랑터로
꼬실꼬실한 자갈밭을 선택했네요
무당벌레야
내 눈도 가려야지!
부끄러우면
자기가 감는 거예요!
저기에 있는 풀들도 다 자고 있어요!
우리의 사랑이 끝나면
다 깨어날걸요…
이것이 자연이에요

왕광옥의 첫 번째 시집
『아들의 지갑 속으로 들어갈 수 있는 영광이 있을지 몰라!』 19쪽에
있습니다
    지금 내가 자연 속에 있는 듯 고요하고 편안하고 평화롭고 사랑이
머물러있는 곳에 있는 듯합니다
    내가 얼마나 운이 좋았으면!

제3부

그림 속의 배

그림 속의 배

그림아!
넌 좋겠다
마음만 먹으면
언제든 떠날 수 있잖아!

떠날 수 있을까요?
난 그림 속의 배인데…
벽에 붙이는 순간 붙박이지요
나의 주인이 나를 버리는 순간
떠나려고 준비하고 있소!
그때가 언제일지 모르지만…

붙박이도 아닌 당신은
어찌 어찌하는 순간
떠날 수 있다는 거
아시죠?

홍매화

학교가 폐교됐다고
나까지
떠날 순 없지!
가끔 오가는 친구만으로도 감사해!

– 폐교되어 예술인 학교가 된 학교에 핀 홍매화를 보고

백두산 천지

구름이 둥실 떠받고 있는 모습이다
선녀가 내려올 만해!
나무꾼이 옷을 감출 만해!
선녀는
나무꾼의 순수가 얼마나 좋았을까!
나무꾼은
선녀의 구름 속 같은
아름다움이 얼마나 예뻤을까!
여차하면
비 되어 흘러가 버릴 것 같은 아슬함
여차하면
눈 되어 쏟아져 버릴 것 같은 소복함
하늘나라라고 시기와 질투가 없었겠어!
나무꾼의 순수야말로
사랑을 품을 수 있는 그릇이 아니었을까!
선녀는
사랑받기 위해 내려온
천지의 손님인 것이여!
대한민국의 사랑인 것이여!

뿌듯한 마음이랄까!

도서실에서 나오면서
『내가 악마로 보이니?』를 찾는다고 했더니
직원이 찾아 주었다
감회가 새롭더라고요
찾아 준 거 안 빌린다고 할 수도 없고
그냥 빌려 왔어요
읽어 봐야죠
내 책을 읽는 것과 도서관 책을 읽는 것은
다르겠지요?

– 내 시집이 도서관에 꽂혀 있어 감회가 달랐다는 이야기입니다

부족한 나에게 네가 못 듣는 것뿐이지!

밭에 흰나비들이 놀러 왔어요
점박이도 있고요
재색 작은 나비도 있네요
열무를 심었더니
전에 왔던 나비들
알을 낳아 놓고 갔던 거 같아요
이 나비들의 고향은 우리 밭이죠
알만 낳아 놓고
엄마 아빠는 자기 고향으로 날아갔나 안 보였어요
이 나비들의 고향은 여기니까
안 가고 여기서 놀아요
스케치를 하고 싶은데
워낙 취미가 없어서…
기분이 좋은 듯 앉았다 날았다
음악처럼 율동지네요
내가 작곡가라면…
넌 왜 쓰잘떼기 없는 생각을 하니?
너 잘하는 글이나 쓰렴!
나비가 말은 안 하고
춤추고 노래하고 풍경만 보여주네

너의 시인 기질이 부족한 것이여!
나비는 자연도 노래하고
부모에게 감사하고
내일을 읊고 있잖니!
네가 못 듣는 것뿐이지!
그런가!

송 준 기

멋지려다 옆으로 새 버렸네
앗! 그쪽은 절벽이야
알아서 해
돌아오든지! 빠지든지!
이제는 건져도
별 볼 일 없을 것 같고
떨어지는 빗방울이
밭의 낙엽을 썩게 해 주니 좋구나
스타에서 빗방울이 되었으니
슬프다는 이야기입니다
온 국민의 마음이 그렇다는 거지요

이쁘다고도 똑똑하다고도 말하지 않는 너! 백년초!

아무리 봐도 금방 핀 꽃이 아름답지!
부드러운 듯 깔깔할 것도 같은
한복 천의 느낌의 백년초 꽃
먼 나라에서 이사 와서
이쁘다고도 똑똑하다고도 말하지 않는 너!
심긴 곳에서
쓰거나 달거나 건강하게 커 주는 너
나를 내보여야만 알아주는 세상에
내보이지 않아도
보여지는 너에게
깊은 악수를 청한다

삼성이 애플을 믹서에…

광고에
삼성이 애플을 믹서에 가는 광고를 보고
가슴이 뿌듯했어!
처음으로 미국과의 대결에서
승리 1을 챙긴 기분이었어!
한참을 보았어!
스크랩해 놓고 싶었는데
캡처가 안 되더라고
삼성!
잘했어! 한국인이라는
자존을 세워줘서 고마워!

믹서에 사과를 갈았을 뿐이야!

이런 날 호랑이가 장가갈 이유가 없다

가을도 아직 만져 보지 못했는데
겨울이 왔다
단풍나무 반까지밖에 오는 걸 못 봤는데
솜 겉옷이 나왔으니 겨울이제!
오늘 아침 고구마를 캐는데
추워서 솜옷을 걸치면
햇볕이 쨍해
더워져서 벗어 던지고
너무 더워 벗고 나면
바람이 쌩 불고 비까지 온다
또 겉옷을 입고 옛날을 생각한다
이런 날을 어른들은
호랑이 장가가는 날이라 했다
옛날에는
어른들이 그러니까
호랑이가 이런 날 장가가나 보다 했다
지금 생각해 보니
하필
이런 날 호랑이가 장가갈 이유가 없다
과학적 근거가 있나요
호랑이 박사님들!

인문학 박사님들 연구해 보셨나요?

궁금합니다

대체로

옛날 말이 다 맞더라고요

이것만은 아닌 것 같은데요

그래도 이런 날 호랑이가

예쁜 새끼를 갖고 싶은지도 모르죠…

모를 일~

이런 날 무지개도 안 오고

호랑이가 많이 살았다는 만연산 어느 동굴엔

호랑이 새끼가 엉금엉금 기어 다녔으면 좋겠다

정의는 개나 주어라

요즘 보낸 글들이 별표에 클립이 달렸더라고요
훗후랄라 날아다녔는데
보낸 원고를 보니 순 오자투성이…
다시 보내고 또다시 보내고
아파트 문제로 내가 원고를 안 읽어 보고 보낸 탓
이리저리 문서를 옮기다 보면 오자가 생기더라고요
며칠 전 어디에 가입했는데
오늘 두 번 몇 시에 해킹해 갔다고 뜬다
다른 곳에서도 해킹되었다고 떠서 무서웠는데
장소까지 나오더라고…
그래서 출사표를 접었지요
나랏일에나 뒷조사하는 줄 알았다
아파트 비리를 알았는데 왜 내 뒷조사를 해!
그냥 무서워서 출사표를 낸 거지!
제갈량은 부채 들고 멋지기나 하지!
난 뭐야?
아무것도 모르는 아파트 입주민들 불쌍해!
그러나 모르는 것도 행복일 수 있어!
*너야!
그냥 *묵어라고 주는 수밖에 없어!
정의는 개나 주어라!

쌤 쌤

파리 한 마리
윙윙 날아다니네
어디로 들어왔나 새까만 파리 한 마리
너 죽었어 해 보지만
잠시 후 다시 윙윙
생각을 흩트려 버리는 너는
왜 왔니?
왜 사니?
세상에는 맛있는 게 이리 많은데
'왜 사니?'라니
인간들 철학 하는 거 같아도
돈 줘 봐
금방 넘어와!
맛있는 냄새 맡고 온 나나(파리들)
돈 냄새 맡고 온 너나(인간들)
쌤쌤

칼보다도 무서운 글을 안고 있거든!

대한이 지나니 봄이 성큼성큼 다가온다
아파트 앞 조팝나무에 새싹들이 옹알옹알 달려 있다
대광교회 홍매화도 콩알만큼 커졌네
마당 산수유도 병아리가 놀러 온 듯 노란빛이 짙어 오고
백목련 꽃망울이 내일쯤 터질 듯 부풀었다

내 꿈이 뭐였더라 나에게 물어본다
내 마음은 너무너무 바쁜데 세상은 내 뜻과 다르게 흘러간다
슬픔이 몰려올 것 같아 다른 생각을 꺼내어 햇빛에 비춰본다
제 할 일을 끝내고 잡아먹힐 개가 아니야 난
일어설 거야 오자서, 문종, 한신은
죽임을 당했지만(너무 똑똑해서)

나 왕광옥은 살아 있고
부족한 듯 최소한 필살기가 있잖아!
칼보다도 무서운 글을 안고 있거든
왕광옥 일어서라
기대할게!

조팝나무

밥테기나무
흰 쌀밥처럼 생겨서 생긴 이름
대동아 전쟁 때
쌀이란 쌀은 일본 놈 위 구녁을 채워주고
산야에 뿌려진 밥테기나무 훑어서
고사리며 고구마 줄기며 토란대 나물 섞어서
양재기에 넣고 비벼 먹고 싶었던 우리 어르신네들
밥테기나무만 보면 배가 고파지더라는 말씀
들었네
섬나라 전쟁에 왜 조선이 피를 봐!
대원군과 민비 씨여!
저승에서라도 정신 차리셔!
조선 백성들에게
진정 미안한 마음 먹어 봤을까!

봉 선 화

아파트 마당에 봉선화 씨를 뿌렸는데
가물어서 싹 나기가 어려운데
가운데는 새가 다 먹어 버리고 가상에만 남았다
봉숭아가 빠알갛게 피면
아파트 초등학교 여자아이들의 추억거리를 만들어 주겠더니
왜 그리 꽃이 더디게 피는지
봉선화 꼬투리가 터지듯 복장이 터지겠다
도로변 화분대엔 물봉선화와 피튜니아가 나풀대고
아파트 뒷마당엔 텃밭 주인인 울 밑 봉선화가 졸고 있다
그때도 울 밑이더니 지금도 울 밑이니?
…
화분대에 피튜니아가 이쁘긴 이쁘데!
본처를 쫓아내고
자리 차지 한 피튜니아가 무슨 죄 있으리!

우리나라 꽃이 일제 시대에도 울 밑이더니
지금도 울 밑이어서 화가 났다
화분대에는 분명 봉숭아가 있어야 하는데
본처 쫓아낸 피튜니아가 무슨 죄 있으리
본처를 쫓아낸 사람은 우리들이죠!
외국 것만 좋아하는…

부활

군자란을 포기 나누기 했어!
아래가 너무 허전하더라고…
그 밑에
다육이가 부러져서 잎꽂이 했어!
봄에 멋지게 피었을 텐데
부러뜨려 버렸네
나의 불찰로
다육이의 일생이 가 버렸어!
다행히
너의 2세들이
군자란 화분가에
이렇게 부활을 꿈꾸고 있다

아파트 담벼락에 핀 꽃

무슨 꽃이냐고요?
이름도 없는 꽃이지요
먼지로 쌓아 만든 한 톨의 흙 속에 뿌리 박아
해 맑게 피어난
지 이름도 모르는 풀꽃입니다

함안댁과 행랑 아범

손을 딱 잡았더라면 재미 없잖아유~
행랑 아범의 아스라한 눈빛
함안댁의 뻗은 손
잡힐 듯 말 듯
사랑은 그런 거라오
나, 사랑은 잘 모르지만
알 듯 모를 듯 아름다운 것
열에서 아홉은 사랑을 모르고 간다네요
you too

벌과 김재덕

똑똑히 보았소
벌이 당신의 텐을 노린다는 걸
알고야 그랬을까마는
제덕의 집중력을 방해하는 너

어느 날 도서관에서
파리 한 마리가 내 주위를 맴돈다
컴퓨터 앞에서 윙윙대는 파리 한 마리
멀리 쫓고 앉아 정신을 모으는데
날갯짓하며 날아오는 파리 한 마리
날갯짓 소리가 어찌나 크던지
비행기가 뜨는 소리 같았어!
미안했지만 직원에게
"자꾸만 파리가…." 했더니 직원이 잡으려다 놓쳤다
그 뒤
쓰려던 시는 어디 가고 머뭇대다 돌아왔어!

제덕은 벌이 손에 앉아도 텐을 잡았고
파리를 쫓았는데도 난 시를 잃었고
그래서 제덕은 벌에게 피해 없이
영웅이 되었네

왕검성이 있는 고조선의 땅 비탈에서

당신은 당신의 조선을 구하시오
나는 당신을 구할 테니…
김태리의 열정 아니 애신의 열정
나도 그런 열정을 한 번만 갖고 싶소
그렇게 뜨거운 사랑을…

나는 이제 틀린 거 같소
살아갈 날보다 무지개 타고 갈 날이
더 가까운걸!
그것도 좋은 거유
난 내가 쓴 시를 A4용지에 복사해
계단처럼 밟고 가고 싶어!
무지개 뒷마을도 시인의 마을이 있겠지!
다음 생엔
역사학자가 좋을 것 같아!
쓰다만 역사 이야기들
흑치 상지님도 만나고 고선지 장군도 만나고
왕검성이 있는 고조선의 땅 비탈에서
이름 없는 독립운동가와 만나
막걸리 한잔 마시고 싶다고요
화순이라고 써진 막걸리를 운동가님들께
쭈욱 따라 드리고 싶어요

제4부

봉황이

봉황이

봉황이
참새가 깝죽댄다고
눈길 하나 주나요
봉황이
참새처럼 지저귈 수 없어서
침묵하고 있었더니
파리가
참새인 양 깝죽대네요

대원군 민비 중 하나만 덜 똑똑했더라면!

참나리
유럽에서 이종을 개량해서
백합이 탄생했다네요
일본놈의 압박도 서러운데
꽃, 나무, 동물들!
다 가져가고, 사라지고
대원군 민비 중 하나만 덜 똑똑했더라면
우리나라 지킬 수 있었을까…

선장이 둘이면
배가 산으로 간다잖아요

그렇게 멋진 곳을 볼 수 있었을까요

시인이 시를 잘 써서
좋은 시가 나오는 게 아니고
좋은 풍경이!
멋진 자연이 시를 내리네요

자연 속에 파묻힌 나
무당벌레의 사랑이
가슴속 깊이 들어오네요
어디냐고요
천불 천탑이!
와불이 곧 일어날 것 같은
운주사입니다

야! 인간아!

농업 기술센터의 꽃
물속에 잠겨 있어서 수련이라 했는데
부레옥잠인 거 같네요
수련이면 어떻고 부레옥잠이면 어떠하리
물속에 든 꽃 이쁘기만 하면 되지!

야! 인간아!
네가 사람이면 어떻고 호랑이면 어떠니?
같은 짐승이잖아!
알았다, 미안해
너는 부레옥잠이야

인간과 너 사이 별 차이 아니야!

도서관 입구에 누운 향나무
그 위에 강물처럼 흐르는 듯
거미줄 위에
또르르 구르는 빗방울
거미는 비를 피해 어디에 서 있나!
나비도 벌도 비를 피해 나뭇잎 뒤에 숨어 있는데
넌 오늘 종일 빗물만 마시겠네!
한 세대 위인 부모님 시절엔
인간도 물로 배 채운 때도 있었단다
거미야!
인간과 너 사이 별 차이 아니야!

버찌 하나 따 물고

비가 온다
비가 오면 다 져버릴 저 꽃들
겨우 네 꿈 꾸며 만들었을 꽃송이들
한 번의 비바람에
싹쓸이 떨어지고
어느새 다녀갔나 꿀벌 님 떠난 자리엔
버찌가 대롱대롱
비둘기 날다가 버찌 향에 내려와
버찌 하나 따 물고 새끼 생각에
퍼득 날갯짓하며 날아갑니다.

우리 마을엔 비둘기가 많아요
이름 모를 새들도 많지요
똑같은 새들끼리 놀아요
프랑스 덴마크 핀란드인들이
놀러 온 것같이 자기 나라 말로 놀아요

을지문덕

113만 대군을 살수에서 수장시킨 장군님
돌아간 병사들이 2700명 밖에 안 되었대요
퇴각하는 적군들을 그렇게 수장해야 했던 건

수나라는 인구가 많으니 대처할 시간이 빠르고
고구려는 인구가 적으니 회복할 시간이 필요했겠지요
100:1의 싸움이었대요

우리나라 산성의 구조는 퇴각이 없는 구조라네요
지면
거기서 다 죽는 거지요
그러니 죽을힘을 다해 싸우는 거지요

퇴각로가 없는 요새는 우리나라밖에 없대요
적은 수로는 싸울 수 없으니
높은 곳에 올라가 활로 돌로 뜨거운 물로 싸운 거지요
조상님의 지혜는 역사 문화 지금의 한류까지 연결되네요

월남 전에서도
LA 폭동에서도
우리만의 전술이 통했다네요

장군님 만세!
조상님들 만세!

송장 메뚜기의 복수

송장 메뚜기
너는 왜 죽은 송장 메뚜기로 태어나니! 이름부터 무섭구나?
말 마슈
조상이 그렇게 생겼으니 닮을 수밖에!
인간들아!
그렇다고 죽은 메뚜기라니?
이렇게 살아있는데도
죽었다고 이름 붙인 게 인간들 아니니?
갈색이 왜 죽은 색이니?
너희들 바바리 무슨 색이 제일 많지?
갈색이야
너희들은 갈색을 그렇게 좋아하면서
내가 입고 있으면 죽은 색으로 보이니?
갈색 추억이란 노래도 있네
너희들 추억은 갈색으로 아름답게 보이는데
내 옷 색깔은 죽은 색으로 보이니?
군복도 갈색이네!
내가 밭둑에서 놀 때
인간이 지나가면
송장 인간 지나간다
친구들아!

어서 나와 구경해 하고 외친단다
인간아!
기분 어때
나도 너희들이 송장 메뚜기 하면
나도 그 기분이야!
별명을 지을 때 남의 기분을 최소한 나쁘게는 짓지 말자는 말
이쁘게, 우아하게, 다정한, 이름으로 지어 주삼

신채호의 조선상고사에는

지방 호족이 왕을 잡아 항복했다고 씌어있다네요
의자왕은 자결했으나 동맥이 안 끊어져 항복했는데
그해에 사망했다네요
충격 후유증이 아닐까! 한다네요
그 시대에 신채호 선생은 구당서 신당서를 다 읽었다는 거지요
그 시대에 조선상고사를 읽은 사람은
신채호 선생이 웬 헛소리를 해 했겠지요
그 시대는 책이 귀했으니까
구당서 신당서를 읽은 사람이 별로 없었겠지요
읽었다 할지라도 널리 알릴 매체도 없었고
조선 정부의 눈치도 봐야 했겠지요

부여융의 딸이 괙나라 왕의 부인이었지요
아주 현명한 왕비였대요
아들이 왕이었을 때 돈왕굴에 이름이 새겨질 정도로
희사도 많이 한 부인이래요

왕이 데리고 간 것이 아니고 왕을 데리고 갔다니
체포해서 간 것이지요
그리고 예식진은 중국 예형의 후손이라나요
그러니까 중국에 투항한 건 당연한 거란 거지요

그의 손자의 묘비명에 의자왕을 체포해왔다고 기록되어 있대요
우리 역사 공부합시다
한문도 우리글이니 열심히 배웁시다
한글이야말로 최고지만 말입니다

어렵지요
여러 번 읽어야 이 정도라도 씁니다
그러나 읽을수록 재미있어요
또 보고 또 보고 하지요
잘못 쓴 건 계속 고쳐가며 쓸 것입니다
역사란 읽는 사람의 주관도 있으니까요
역사를 알려면?
한문은 필수!

한문도 우리 조상이 만든 우리글이여!
중국이 안 밝히고 있지만
알 사람은 다 알아!
고조선의 글이라는 거!

*예형은 조나라 평원군이 데리고 있던 문객 아닌가요?

어느 날 여고 시절

고1 어느 날 여고 시절
나도 저런 때가 있었네!
이수미는
이제 와 생각하니 첫사랑이었다는데
우리는 첫사랑 가에도 못 가 봤네요
스캔들만 나면 정학 아니면 퇴학이었으니까요
우리 학교 가까운 곳에 男高가 있었는데
축제 때 男高에서
詩 바꾸어 낭송하자고 했는데요
우리 학교 선생님이 빰을 쳐서 돌려보냈데요
그럴 필요가 있었을까 생각이 듭니다
후배 만나면
지금도 그러냐고 묻고 싶어지더라고요
교장 선생님이 여러 번 바뀌었을 텐데
교칙도 많이 바뀌었을 것 같아요
5월 음악제 같을 때 같이 모여
건전한 모임이 있다면
男子 고르는 방법도 알아질 텐데요
여고 시절 생각나는 건 5월 음악제!
쉬는 10분 시간이면
여기서 저기서 합창 소리

이 반 저 반에서 부르니까
좋은 합창곡은
누구나 다 부를 수 있게 되더라고요
인기곡이 찔레꽃, 오 솔레미오, 라스파뇨라,
찔레꽃은 파트로 나누어 부르기에 좋은 곡이죠
슬픈 곡이고 너무 많은 반이 부르니까
점수가 낮았어요
우리 학교 졸업생 중 찔레꽃을 모르면
우리 학교 졸업생이 아니죠
어디서든 누가 부르면 낮은 파트로 음을 맞출 수 있는 곡이었습니다
생각납니다
보고 싶습니다
다들 어떻게 사는지…

당신의 못다 한 말을…

차 문을 열자
슈베르트의 음악처럼
날아오는 찔레꽃 향기
여기도 저기도 하얗게 핀 찔레꽃
당신은
천당으로 오셨군요
이렇게 맑은 물이 흐르고
쑥 내가 향기로운 곳
오욕으로 물든 세상에서
파아란 하늘과
침대처럼 푹신한 소나무 숲
이름 모를 꽃향기
1997년 5월 17일, 신선한 날을 잊지 않을게요
미안해요
미안해요
천국은
지금 당신의 자리와 같은 곳이리라 믿습니다
전 이곳이
너무나 마음에 듭니다
당신의 마음에도 들었으면 합니다
나에게 좀 더 나은 생활이 주어진다면

더 좋은 곳으로 모셔 드리죠

미안해요

정말 미안해요

난 당신을 버리지 않았어요

당신은 알 거예요, 그래도 미안해요

너무나 너무나요

마지막에 무얼 원하셨나요

그게 궁금해요

그게 날 못 견디게 해요

미안해요

내 꿈에라도 보여주세요, 당신의 못다 한 말을…

아무리 애써도 알 것 같지 않은 당신의 마음

당신과 나의 마음이 그만큼 멀어 있었겠지요

그 길은

혼자 가는 길이 아니고 열려 있는 길이므로

20~30년 후쯤

저도 갈 길입니다

외롭지 않게 가소서! 편안히 가소서!

천국은 그리 멀지 않습니다

아니

천국 안에 계심을 압니다

다음 生엔 훌륭한 가장으로 태어나소서…

- 하관식에서

타버린 역사책 속에나 있겠구나!

지금 대발해를 읽고 있다
마지막 10권이다
근데 황제들이 왜 그렇게 시시하냐
선왕 때 잘못됐으면 고쳐야 하는데
똑같은 길을 걷더라고…
그래서 발해가 사라지지 않았을까!
못내 아쉬움…
당나라가
안록산의 난, 양귀비 등 어지러울 때
당을 치지 않고 뭐 하고 있나…
백제 고구려 잡은 당을
왜 잡지 않는 거야
내가 그 시대에 태어났더라면
기필코 당을 잡았을 텐데!
발해는 여인들도 무술을 하더라고!
대조영이 내시를 두지 말라고 했던 것도
너무 인간적이어서 좋고
열녀문이나 세우는
우리나라보다는 여성도 참모들 속에
20~30%는 있더라고…

좋았어!

발해!

그 시대에 태어났다면

나도 장군이지 않았을까?

우리나라도

침략만 받았던 건 아니고

백제의 근초고왕은

남쪽으로 양자강과 요서를 점령했고

요동에서 고구려와 부딪친 것 같습니다

고구려는 요동을 거의 차지했지요

발해도 중국의 수도까지 점령했더라고요

점령하고 나서는

거란은 씨를 말리고 여자는 노예 등으로 팔더라고

징기스칸이 정벌하는 곳마다 마을을 불태우고

남자들을 죽이고 했던 거와 같아!

그래서 징기스칸은 무덤을 만들고 어딘지 모르게

말발굽으로 덮어 버렸잖아!

발해도 야율아보기에게 패하여

수도가 함락되고

보나 마나

불타는 수도에서 역사책 하나 건질 수 없었던 발해!

백제도 고구려도

다 불타버린 역사책 속에나 있겠구나!

근초고왕의 업적!

삼국지에 나오는 백제성
유비가 적벽대전에서 패하고 피신했던 백제성!
거기가 다 우리나라 땅이었다고…
백제성이 있던 곳에서 바라보면
한반도는
지금의 제주도 만으로나 보였을 거야!
대한이여!
힘내자
불끈! 불끈!
(파이팅이라는 말보다 불끈불끈이 더 좋지 않나요?)
또 하나
발해시대에도 가림토란 글이 있었대요
백성들이 글을 아니까 민중봉기가 자주 일어나
가림토를 없애 버렸대요
아까워라! 우리글!
나도 부친에게서 절에서는
한글을 예전부터 사용했다는 이야길 여러 번 들었어요

하늘님도 너도 나도 모두 지구인

장마라더니
하늘에서 요동치는 소리가 들린다
구름이 확 밀려가는 모습
잔잔한 평화가 깃드는 모습
5층에 사니까 하늘의 모습이 들리더라고요
30층 높이에서는 하늘이 만져지지 않을까요
50층 높이에서는
하늘님 의자도 사진 찍어 오지 않을까요
60층 사는 사람들은
하늘나라 관광 다니며
아랫마을 사람들은
지금 BTS에 열광하고 있어! 하며
자랑하지 않을까요!
지구 위에 살던
하늘에 걸쳐 살던
다 지구인이네
하늘님도 너도 나도
다 지구인이네

애기사과꽃

내 뜰에는 예쁜 애기 사과나무를 심고 싶어!
흰색과 분홍이 어우러져
보는 이의 눈이 심심하지 않고
벌 나비 날아와 웅웅 대니
카페에 앉아 수다 떨며 노는
초등학교 동창처럼 편하다
너무 이쁘게
내 가슴에 온 꽃
내 가슴에 보석처럼 박히는 꽃
내 가슴에 박힌 보석을 다 뽑아
독립군들의 군자금으로 썼으면
얼마나 좋을까!
애신처럼 의롭겠지?

호랑이굴에 들어가도

아주 먼 옛날, 왕을 웃기는 어릿광대가 있었다
어느 날, 궁 안에서 공놀이를 하다 왕이 아끼는 도자기를 깨버리
고 말았다
화가 난 왕은 광대를 죽이라고 명했다
얼마 후, 화가 풀린 왕은 잘못된 판단이라고 생각했으나 왕의 권위
때문에 물릴 수가 없었다
왕은 광대를 불러 너의 재주를 생각해서
마지막 죽음을 어떻게 선택할 것인가를
오늘 해지기 전까지 나에게 말해주거라 하였다
그날 밤, 광대가 왔다
임금님 넓으신 아량 참으로 감사합니다
저는 늙어서 죽을 것을 택하였습니다
왕은 기뻐하며 그렇게 하도록 하여라 하였다

우리나라 속담에 호랑이굴에 들어가도
정신만 차리면 산다는 말이 떠오르네요

떨리는 이병헌의 얼굴

「미스터 선샤인」을 보고
조선은 온통 지옥이요
그러니 오지 마시오
내 꿈에도 오지 마시오
그래야 내가 살지 않겠소
그 여인의 얼굴을 만지며
떨리는 이병헌의 얼굴
에이!
나도 저런 사랑 한번 해 보고 싶었는데
인생이 지고 있네
지금 세상에 흐르는 사랑은 코미디 같아서
보고도 그저 그랬는데
애신(김태리 역)의 사랑을 나도 할 수 있을 거라 생각했는데
사랑은커녕 사랑에서 점을 뺀 시랑도
내 인생엔 없더라
나에게 그런 사랑이 있었다면~
멋진 소설가가 되지 않았을까!

코스모스와 노는 바위

코스모스 너는
심심하지 않아 좋겠다
저렇게 미남 바위와 날마다 노는 너는
신선!
아니
바람 난 막내라도 이쁘겠다

왕광옥의 첫 번째 시집 39쪽의 있습니다
채석하는 곳을 지나는데
코스모스가 바람에 이리 뒹굴 저리 뒹굴
가만히 보아하니
미남 바위를 보며 뒹굴뒹굴
넌 좋겠다
미남 바위와 날마다 노는 너는
신선!
아니
바람난 막내래도 이쁘겠다

하늘이 파아란 가을을 생각해 보세요
미남 바위 옆에 핀 코스모스

한들한들 살랑살랑을 넘어
이리 뒹굴 저리 뒹굴
가을 여왕이네유

왕광옥의 『아들의 지갑 속으로 들어갈 수 있는
영광이 있는지 몰라!』 내 시집입니다
어느 날 지인에게
"내 인생도 참 보잘것없네요." 했더니
어느 지인님이
그 한 권만으로도
충분한 시인이라 하더라고요
고맙습니다

나도 한 번쯤

(동영상에서처럼)
나도 한 번쯤
이렇게 흔들고 싶어!
시원하게 흔들고
다 털어 버리고
나 혼자 은행잎 지는
운주사 그 길을 걸어가고 싶어!

시집 해설

시적 상상력으로 환기한 전위의 문장들
왕광옥 시집 『춘향의 반란』 해설

박철영(시인, 문학평론가)

시 속에 내재된 다양한 사유들을 보게 된다. 그 이야기는 단순한 말거리가 아니다. 툭툭 던지는 행간에서 현실적으로 망라된 불편한 마음들을 은근히 시비하고 있기 때문이다. 사회 담론으로 전개될 수 있는 여지를 담고 있는 시편들이 전체적으로 주조를 이루고 있는 왕광옥 시인의 문장들을 만나면서 답이 쉽지 않은 질문을 할 수밖에 없다. 시를 쓰는 마음이 어떻게 형성되고 결정적인 순간을 이루어 가는가를 묻는다는 것 자체가 우스운 일이기 때문이다.

하지만, 다른 양상을 띠며 발화한 시들을 접하면서 그런 생각을 갖게 된다. 그렇다고 해서 명확하게 답을 들을 수 있는 것도 아니다. 다만, 그렇게 시의 존재 방식에 대한 고민과 그 과정까지를 염두에 두었을 고뇌에 찬 시간을 상상해 본다. 어느 한때라도 시를 떠날 수 없다는 강박과 구속을 감당해야 한다. 시인의 정신과 시적인 세계 속에 젖어 스스로 고양되어야만 하는 까닭이다. 시인으로 살아가기 위해 한시도 게으름을 피울 수 없는 고뇌를 상상력을 통해 증명해야 한다.

시의 경계를 뛰어넘어 현실과 과거를 가동하여 상상력으로 발화한 왕광옥 시인의 시편들을 접하면서 그것 또한 도발이라는 생각을 했다. 기존의 시작법과 다른 고전이나 역사의 한 부분을 현실적인 감각으로 인용 이입시켜 시를 완성해 간다.

과연 이런 방식이 올바른 시의 유형으로 자리매김될 수 있는가에 대한 고뇌가 따랐을 것으로 사료된다. 그렇지만, 시의 영토는 어차피 시인이 열어가는 것이라서 그리 걱정할 일도 아니다. 모든 사람이 천인천상의 모양으로 세상을 살아가는 것처럼 시인들이 상상하는 시적인 구실도 다양할 수밖에 없다. 왕광옥 시인만의 문학성이란 것도 사람의 마음으로 출발한 것이고, 그 안에 축적된 시간들의 요체가 사유를 통해 시의 형상으로 표출한 것이라고 볼 수 있다.

오랫동안 내면화된 요소들이 어느 순간 면모를 드러내며 개성적인 성향으로 특정된 것이다. 사실 살아온 날들의 체험적인 요소들과 독특한 성정이 기질화되면서 아무도 흉내 낼 수 없는 독창적인 유형으로 그 나름 개성을 갖고 있다고 볼 때 시라는 표면으로 개방된 세계가 만만치 않다. 나이 지긋해져 자신의 삶을 냉정하게 들여다보면서 문학을 위해 정진하는 모습은 가장 진실한 시인의 자세이다. 왕광옥 시인은 시적인 언어로 과거와 현실을 공명하면서 공감을 파장해 간다. 그것의 사유 지점은 사물을 단순한 사물로 보지 않고 사물성(고유성)으로 바라본다는 것이다.

고유한 성질을 시적으로 전유해 가며 실존과 존재 방식에 대한 물음으로 실행해 가는 것을 알 수 있다. 무의식적으로 표출된 내면의 자의식과 만나 그동안 못 해줬던 위로를 자신에게 건네는 것도 잊지 않는다.

환삼 덩굴
내가 인삼의 본향인지
인삼이 나의 본향인지는 모르지만
인삼은 나라님이고 나는 천덕꾸러기라오
시인이
나를 이렇게 이쁘게 찍어주니
인삼과라고 떳떳이 말하오
길거리 먼지에, 거미줄에 싸인 나는
천덕꾸러기 그 자체죠
그래도 나라님이 안 부러운 건 내 힘으로 살아간다는 것
금수저 물고 나와서
금수저 핥아먹고 가는 신세보다 훨 낫지 않수?
– 「나도 인삼과라오」 전문

거칠고 무방향성으로 뻗어가는 생장 기질이 천박해 보이는 환삼 덩굴이다. 그런데 환삼 덩굴의 근본이 '인삼과'라는 것을 알고부터 생각이 달라졌다. "환삼 덩굴 / 내가 인삼의 본향인지 / 인삼이 나의 본향

인지는 모르지만 / 인삼은 나라님이고 나는 천덕꾸러기라오"라며 분류된 식물의 종속과목 체계에서 '인삼과'라는 것을 알게 된다. 툭 까놓고 말하면 성골적인 귀한 본성을 타고났는데 외형적인 생김은 영 딴판인 것이다. 거기다 스스로 직립이 불가능해 주변의 식물에 올라타야만 한해살이를 버틸 수 있는 식물성을 타고났다.온통 이파리와 줄기 표면에 잔가시가 돋아 있어 자칫 맨손이라도 스치는 순간 극심한 테러를 당할 수 있다. 그 할퀸 가시가 낚싯바늘 끝 미늘처럼 살갗에 파고들어 뒤끝을 걸면 좋던 마음도 비틀어질 수밖에 없다. 그야말로 무데뽀 같은 깡다구가 있는 환삼 덩굴이다. 화자는 환삼 덩굴이 식물의 종 분류상 '인삼과'라는 것을 알고 난 뒤 기존의 생각을 일시에 바꾸고는 전향적인 자세로 접근한다. 저토록 초라한 것이 '인삼과'라는 것에서 시적인 발상과 위안의 힘은 대단한 것이다. "길거리 먼지에, 거미줄에 싸인 나는 / 천덕꾸러기 그 자체죠 / 그래도 나라님이 안 부러운 건 내 힘으로 살아간다는 것"으로 환삼 덩굴(소시민) 스스로 주체적인 생존을 불평 없이 쟁취해 가는 데서 뿌듯한 자긍심에 도달한다. 어찌 보면 민중적인 삶의 곤경을 극복해 가는 마음속에도 저런 근본적인 고귀함을 잊지 않고 살아가는 것일 거라고 믿고 싶은 것이다. 천지 사방에 핀 꽃들이 말을 하기 시작했다. 그중 눈에 든 꽃 이름이 하필이면 '개불알' 꽃이다.

봄이 이렇게 곰살맞게 눈앞에 아른거리는 건
벚꽃이 사르르르 피어 주기 때문이다
길가에 민들레가 웅큼웅큼 피어 주기 때문이다

봄이 시꺼먼 땅속에서 푹 솟아나는 건
애기똥풀이 힘찬 운동선수처럼
땅속에서
노란색을 뿜어내기 때문이다
봄이 겨울 기차처럼 오르락내리락하는 건
겨울이 가기 전 피어오는 파아란 듯
키 작은 개불알꽃이 피기 때문이다
누구도 모르는 그 이름
개불알꽃
인터넷에서 오늘 찾아낸 그 이름
겨울과 봄을 이어주는 생명의 이름이구나

당뇨에 고혈압 고지혈증에 좋다네요
전초를 달여 먹고 말려 차로 먹으면 좋다네요
- 「개불알꽃」 전문

　봄이 오는 과정은 순탄한 것만은 아니다. 그렇지만, 막상 봄기운에
더해 순간순간 아름다움으로 피어나는 꽃들을 보며 가슴 설레는 것
은 어쩔 수 없다. 화자는 봄을 예찬하면서 그 과정을 따복따복 들추
고 있다. "벗꽃이 사르르르", "민들레가 옹큼옹큼", "애기똥풀이 힘
찬 운동선수처럼 / 땅속에서 / 노란색을 뿜어내기 때문이다"라며 환
호하고 있다. 그 들뜬 기분을 차분하게 받아주며 낮은 곳에서 고개
를 내밀고 있는 "누구도 모르는 이름 / 개불알꽃"을 만나게 된다. 꽃

의 정체가 궁금하여 여기저기 탐색하여 알아낸 '개불알꽃'이다. 알고 보니 "당뇨에 고혈압 고지혈증에 좋다네요 / 전초를 달여 먹고 말려 차로 먹으면 좋다네요"라며 작은 풀꽃 속에 깃든 약용성에 놀란 듯하다. 크고 작은 꽃들의 출생도 신비롭거니와 꽃의 형상도 가지가지라는 데 있어 세상 만물이 품고 있는 존재성에 대하여 골똘한 생각에 빠져든다. 누군가에게 발견되어 귀히 여김을 받는 꽃처럼 왕광옥 시인의 시적 지향도 그렇기를 바란다는 것에서 같다.

사람이 갖는 본성은 주체적인 자아 의지를 실현하고자 한 데 있다. 시 「뿌듯한 마음이랄까!」는 그런 표상적인 이면의 욕망을 담고 있다.

"도서실에서 나오면서 / 『내가 악마로 보이니?』를 찾는다고 했더니 / 직원이 찾아 주었다 / 감회가 새롭더라고요 / 찾아 준 거 안 빌린다고 할 수도 없고 / 그냥 빌려 왔어요 / 읽어 봐야죠 / 내 책을 읽는 것과 도서관 책을 읽는 것은 / 다르겠지요?"라며 "내 시집이 도서관에 꽂혀 있어 감회가 달랐다는 이야기입니다"라고 말한다. 혹시나 해서 도서관 사서에게 검색을 요청했고 뜻밖에 그 안에 자신의 시집이 있다는 것을 알고는 기분이 순간 묘해진 것이다. 누군가에게 관심의 대상이 되고 싶은 마음이란 것이 앞서 말한 '개불알꽃'과 같다. 화자가 개불알꽃을 통해 생의 순간을 천착한 시간처럼 잠시나마 자신의 시집을 통해 깊은 생각에 잠길 수 있다면 성공적인 존재 의미가 아닐까 싶다. 유구(遺構)로 존재하는 과거의 파편들이 시간과 혼재되어 나타나곤 한다. 그 소중한 역사가 누군가의 암투로 찬란한 시간을 날려 버렸다면 안타까움은 클 수밖에 없다.

우리나라 고조선이

한나라 무제 때 멸망했다네요

요새인 왕검성에서 오랫동안 버텼는데

항복하자는 자와 싸우자는 자의 갈등으로

그만 순식간에 무너졌다네요

우리의 본향인 만주가 그래서 사라졌네요

빗살무늬 토기와 비파형검 암각화가 고조선의 위치를 말해준다네요

중국에는 암각화가 없대요

만주에 있는 암각화와

우리나라에 있는 암각화가 거의 비슷하대요

종족이 같다는 이야기지요

역사, 정말 재미있어요

  ―「빗살무늬 토기와 비파형검 암각화가」 전문

   고조선의 흥망성쇠에 관한 전개가 벌거벗은 한국사에 나옴 직한 이야기일 것으로 추정해 본다. 고조선이 멸망하게 된 계기가 "요새인 왕검성에서 오랫동안 버텼는데 / 항복하자는 자와 싸우자는 자의 갈등으로 / 그만 순식간에 무너졌다네요"라고 말한다. 그 말이 왠지 임진왜란과 병자호란 때와 닮았다. 흔히 식민사관으로 우리 역사를 열등의식으로 폄훼한다 해서 그 논리를 거부하지만, 이씨 조선의 붕당 정치의 격화 때문에 임진왜란의 7년 전쟁을 당한 셈이다. 그때처럼 고조선에서도 유사한 일들이 벌어졌고 결국은 전쟁에서 패배하여 우리 조상이 살았던 만주가 한나라로 복속되고 말았다. 그

런 주의 주장이 역사의 정설인가에 대한 여부보다 야사라 쳐도 그럴 만한 근거를 "빗살무늬 토기와 비파형검 암각화가 고조선의 위치를 말해준다네요"라면서 중국에 없는 암각화가 고조선의 영토라고 판단해 볼 수 있는 곳에 존재한다는 것이다. 그 암각화가 우리나라에 현존하는 곳의 문양과 유사한 것도 그런 시공간의 동일성을 충족하고 있다. 화자의 관심이 시뿐만이 아니라 다양한 분야를 섭렵하고 있다는 것을 알 수 있다.그 말단부 신경체가 접한 부분은 현재의 정치 상황까지 닿아있다. 여야의 극심한 갈등 구도에 대한 일침을 가하는 것을 에둘러 표현했을 것이다. 한마디로 말한다면 '아그들아, 엔간히들 좀 해라.'가 아닐까?

바닷가에 마을 사람들이 나와서
눈물 바람을 하는데
청아 이제 가면 언제 또 만나냐! 흑흑흑
그때 팥쥐 모와 팥쥐가 나타났다
네가 청이냐? 난 팥쥐 모인데
너 대신 내가 가면 안 되겠냐?
안 되어요, 이미 삼천 석을 시주해 버렸어요
삼천 석이 문제냐 삼만 석도 문제없다
내가 왕비만 되면…
그때 팥쥐가 엄마 내가 갈게
가서 오만 석 마련해서 엄마 이만 석 줄게!
그랬더니 뱃사공이 팥쥐를 싣고

떠나 버렸어요

청이는 아버지를 만나

오! 청이냐

너 없이 내가 눈을 뜬 들 무슨 재미로 사냐?

이것아!

청아하며 눈에 힘을 주니 심봉사 눈이

발딱 떠져 버리는 거예요

시주 효과 빠르네유~

심청이는 심봉사가 아닌 심학규 씨와

신나게 잼보리 막판 파티에 가서

멋진 춤을 추었지요

그 많은 규수들 중

누가 청이였을까요…

팥쥐는 어떻게 되었냐고요?

바다로 갔승께…

　－「바다로 갔승께」 부분

　심청전을 모르는 사람은 없다. 거기에 콩쥐와 팥쥐를 모른 사람도 없다. 둘 다 권선징악의 표본으로 순박한 아이들의 마음을 흔들어 놓곤 했다. 아이들에게 자연스럽게 착함을 본받게 하려는 독서교육의 필독서인 것이다. 그런데 화자는 진부한 고전적인 소설 구조를 시적으로 인용하여 순박한 정서를 일시에 흔들고 만다. 콩쥐와 팥쥐를 등장시켜 심청전을 새롭게 해석하고자 한 신 심청전을 본 듯하다. 심청전에 나온 부분을 각색하여 먼저 공양미 삼백 석을 받아 인당수로 향해 가는 심청이를 둘러싼 "바닷가에 마을 사람들이 나와서 / 눈물 바람을 하는데 / 청아 이제 가면 언제 또 만나냐! 흑흑흑" 하는 데까지는 기존의 전개와 동일하다. 그런데 그 순간 불쑥 튀어나온 팥쥐 모와 팥쥐의 기이한 행태를 보자. "네가 청이냐? 난 팥쥐 모인데 / 너 대신 내가 가면 안 되겠냐? / 안 되어요, 이미 삼백 석을 시주해 버렸어요 / 삼백 석이 문제냐 삼천 석도 문제없다 / 내가 왕비만 되면… / 그때 팥쥐가 엄마 내가 갈게 / 가서 오백 석 마련해서 엄마 이백 석 줄게! / 그랬더니 뱃사공이 팥쥐를 싣고 / 떠나 버렸어요"라는 장면을 보여주며 추잡한 인간의 탐욕을 개입시킨다. 그것은 심청이가 죽음을 통해 왕비로 환생한다는 것을 눈치챈 팥쥐 모와 팥쥐가 가세해 환생 이후에 대한 기대 심리를 인간적인 욕망으로 극대화하려 한다. 여기에서 심청이가 감내한 효의 실행 과정의 고통보다 인당수에 투신한 이후 성공적인 환생에만 눈이 먼 그들이다. 그런 곡절로 공양미 삼백 석으로 심학규가 눈을 뜬 순간 미녀들에 둘러싸인 곳은 의외의 장소다. 때마침 치러지고 있는 '2023 새만금 제25회 세계스카우트잼버리' 대회 속 아름다운 소녀들이 모여있는 캠프장이다. 그런 기발한 시적 상상력이 다양하게 응용되는 웹진 소설이나 다채널 시대에 맞는 호기심을 촉발한다. "잼보리가 끝나기 전에 청이를 화려한 곳으로 / 초대하고 싶었어요 / 청이는 우리의 아픈 손가락이죠 / 이렇게나마 즐겼으면 / 청아! 이제 아픈 가슴 내려놓아도 되겠지?"라며 가슴을 짓누르는 억압에 대한 카타르시스를 향수(享受)하고 있다. 그렇게 시공간을 뛰어넘는 상상력은 왕광옥 시인의 시적 개성이다.

어느 봄날, 그 할머니가 돌아가셨다
그다음에 다른 할머니가 그 자리를 차지했다
수선화가 피었어! 그 밑에 민들레도 피었네
저 아인 학교 가기 싫은가 봐!
나도 그럴 때가 있었어!
할멈, 나도 한 번만 그 풍경을 보여 줘 했다
'안 돼!' 하며 커튼을 내려 버렸다
오늘은 백일홍이 피었네
한들한들 저 코스모스 누가 심었을까?
할멈 나도 한 번만 보여 줘 봐!
'안 돼' 하며 커튼을 내렸다
― 「아름다운 이야기」 부분

　나이 들어서 가지 말아야 할 요양원이 현대판 고려장이다. 그렇지
만, 어쩔 수 없는 요즘의 세태라서 자식 된 도리라며 당연스럽게 그것
을 실행하고 만다. 자신을 키워준 부모를 노후에 잘 모시는 것이 효
도다. 효의 개념이 현대인의 생활 방식에 따라 집안에 모시는 것이 아
니라 낯선 요양원에 입원시키는 것으로 사회 통념이 되어버렸다. 요
양원의 "세 할머니가 한 병실에 누워 있었다 / 창가에 할머니가 시를
읊듯 / 창가의 보이는 광경을 노래했다 / 하이얀 눈이 왔네 / 아이들
이 눈사람을 만들고 있어! / 코도 삐뚤, 입도 삐뚤, / 신나는 우리 새
끼들! / 하고 읊자 옆에 있던 할머니가 / 나도 한번 보여 줘 했다"라
고 하면서 방을 같이 쓰는 세 할머니의 이야기를 담고 있다. 그중 기

가 드센 할머니가 가장 전망이 좋은 창가를 독점하고 있다. 가끔 창밖을 바라보며 혼잣말처럼 바깥소식을 전하는 데 함께 보고 싶다는 할머니들을 외면하며 매몰차게 창문의 커튼을 닫아버리곤 했다. 더 궁금한 것은 종종 바깥일들을 사실인 것처럼 말해준다는 것이다. 호기심은 두 할머니를 더 갈증 나게 했다. 그 할머니가 세상을 뜨고 또 다른 할머니가 그 자리를 차지하게 된다. 그 할머니도 앞선 할머니처럼 "수선화가 피었어! 그 밑에 민들레도 피었네 / 저 아인 학교 가기 싫은가 봐! / 나도 그럴 때가 있었어! / 할멈 나도 한 번만 그 풍경을 보여 줘 했다 / '안 돼!' 하며 커튼을 내려 버렸다" 그렇게 시간이 흘렀고 그 할머니도 세상을 뜨고 말았다. 바깥소식이 궁금했던 다른 할머니들이 창에 쳐진 "커튼을 여는 순간 / 창밖은 콘크리트 벽이 손에 닿을 듯 서 있고 / 눈사람이고 장미 수선화도 / 먼저 간 할머니들의 이야기였음을 알게" 된다. 이 시가 던지고 있는 여운은 쓸쓸하다. 온통 할머니가 살아온 지난 일들을 추억으로 되살려 말한 넋두리였던 것이다.

난 빌딩 속의 사슴이죠
누가 보아도 약할 것 같은 모습이죠
누가 보아도 연약한 내 모습
그래도 나한테만은
자기의 일생을 말해주고 싶다네요
이제 가버리면 끝인데
이승에 내 한 자리 남기고 싶다네요

사십년지기 친구한테도 못한

이야기를 해주며 눈물 흘리시던 할머니

가버리면 내 인생은 없어!

글 쓰는 양반이니 내 인생도 이승에 남겨줘 하시더니

지금은

길에서 만나면 모른 체하고 가시더라고…

너무 부끄럽다고…

묻고 싶은 게 있는데!

이 할머니는 글을 못 쓰니까

남기고 싶은 이야기를 나에게 해준 거죠

이사 와서 첫 번째 만난 사십년지기 친구에게도

못한 이야기를 나에게 해 주셨어요

먼 길 갈 시간은 다가오는데

못 풀고 갈까 봐 선택을 했는데

나였다우

　－「장르를 뭐로 할까요」 부분

　사슴을 우습게 보지 말라. 순한 사슴도 정글에서 살아남은 오랜 강자다. 냉엄한 먹이사슬에서 그만의 생존법으로 종족을 유지하여 지금에 이르렀으니 우리가 알고 있는 것처럼 약해 빠진 것만은 아니다. 지구 상에서 멸종되지 않고 살아남은 것들은 죄다 최고의 강자들인 것이다. 사슴(할머니)도 나이를 이기지 못해 그렇지 아직은 그 지위를 유지하고 있다. 그런데 자꾸만 할머니가 죽음을 떠올리며 불안해한

다. 초조한 마음에 자신이 살아온 내력을 누군가에게 말하고 싶어 한
다. 마침 그 소원을 풀어줄 대상이 화자였다. 말은 주체의 내면을 통
과한 사유의 현상체다. 자칫 현상은 사라지고 메울 수 없는 공허감만
더 깊을 수 있다. 그래서 진정을 다해 재현하길 바라는 마음으로 할
머니가 시를 쓰는 화자에게 어렵게 과거의 아픈 기억들을 끌어냈다.
"먼 길 갈 시간은 다가오는데 / 못 풀고 갈까 봐 선택을 했는데 / 나
였다우 / 길에서 만나면 부끄러워서 고개 돌리지만 / 이야기 끝내면
서 속은 시원하다 하더라고요"라며 그동안 억누르며 살아온 자신의
삶에 대한 회한에 잠긴 것이다. 당당한 여성으로 살지 못한 한을 가
슴에 담고 살아온 세대의 마지막이 할머니들이 아닐까 싶다. 그런 반
면교사(反面敎師)적인 삶을 과감히 실행한 사례를 들고 있다.

고국원왕이 죽고
왕비는 고국원왕의 동생을 찾아갔다
밀담을 했지요
왕의 자리를 줄 테니 나를 왕비로…
시동생은 NO 했죠
아들이 없으니 당연히 순위는 자기 거니까!
왕비는 그래 다른 시동생을 찾아갔다
또 속닥속닥 그 시동생은 웬 떡이냐 하며
받았죠
그래서 왕이 되었죠
그 우씨 부인은 형사취수의 법칙을 내세우며

또 한 번 왕비 자리에 앉았다

내가 하고 싶은 말은

우씨 부인이 죽어버린 왕 앞에서 좌절하지 않고

새로운 길을 개척했다는 것

지는 해에서 떠오르는 해를

만들 수 있는 능력

얼마나 많은 반대가 있었겠는가!

새 길을 열었다는 것에 대해 경의를!

과감한 뱃심!

왕과 자식에게도 물려주지 그러셨소!

– 「고국원왕의 부인 두 번 왕비 되다」 전문

요즘에 이런 일을 교사(教唆)했다 가는 된통 당할 수 있는 행위를 서슴없이 모의하여 도발한 '우씨 부인'이다. 역사의 배경은 삼국시대 초기로 영토 확장이 치열한 시기를 배경으로 한다. 고구려와 백제가 영토 확장을 위해 전쟁을 벌이는 데 평양성에서 백제의 근초고왕을 맞아 싸우다 안타깝게도 고구려의 고국원왕이 전사하고 만다. 그로 인해 차기 왕의 자리를 놓고 궁중 암투가 극심했을 것이다. 실익을 따지며 이합집산을 거듭했을 것이고 당시 고국원왕의 왕비였던 우씨 부인이 후임으로 즉위할 왕위 낙점에 상당한 영향을 끼친 듯하다. 우선 "고국원왕이 죽고 / 왕비는 고국원왕의 동생을 찾아갔다 / 밀담을 했지요 / 왕의 자리를 줄 테니 나를 왕비로… / 시동생은 NO 했죠 / 아들이 없으니 당연히 순위는 자기 거니까!"라며 안이한 판단을 해버린다. 그렇지만, 야망에 찬 우씨 부인은 왕비로 누렸던 권위와 호사를 결코 포기할 수 없었다. 그 밑 시동생들을 찾아가 자신을 따르도록 설득하였고 "그 우씨 부인은 형사취수의 법칙을 내세우며 / 또 한 번 왕비 자리에 앉았다"라는 처세술을 전하고 있다. 마음을 바꿔 세상을 얻은 자와 마음을 바꾸지 못해 세상을 잃어버린 자에 대한 비유를 시적으로 전언하고 있다. 과거의 비화를 통해 현대인들에게 어떻게 살아갈 것인가에 대하여 묻고 있다. 그 당시에 당연시했던 '형사취수법'을 가장 효과적으로 활용해 성공적인 삶을 살게 된 '우씨 부인'처럼 성공할 확률은 아예 요즘 사회에서는 없다. 페미니즘적인 사고로 본다면 극심한 반대에 부닥칠 수 있는 민감한 현안이 당시에는 무탈하게 용인된 것이다. 그런 발상의 파격을 시로 말하고 있다.

독수공방 춘향이 한숨 쉬고 있을 제
어디선가 주르륵 비 오듯 내려앉은 사나이
오메 누구시단가요?
놀라지 마시오, 나는 홍길동이요
길동 씨가 어쩐 일이시단가요?
춘향 씨를 모시러 왔제라
뭐시라고라! 나는 이몽룡 어사또의 안방 마님인디
나를 모셔 간다고?
춘향 씨! 이팔청춘은 가고 독수공방에 안방 고목인디 괜찮소?
우리 율도국은 신생국이지마는 일부일처제요
일부일처제가 뭐단가요?

일부일처제란 한 사람의 여자와 한 사람의

남자가 결혼한다는 뜻이요

조선은 일부다처제여서 한 남자가 여러 여자와 여러 번

결혼한다는 뜻이요

오메 그것 좋것소이

그러니 우리 율도국으로 갑시다

아무리 좋아도 우리 몽룡 서방님이 계신디 어딜 가것소

어사 출두요 그것만 생각하면 지금도 가슴이 뛰고 벅찬디

그런 서방님을 두고 어디 가것소!

춘향 씨 날마다 독수공방이제라

그때는 그때고 그때는 가부렀소 서방이래야 날마다

어사질 한다고 지방에 가고

일 년에 한두 번 만날까 말까 할 것인디!

그래도 어쩌것소 그것도 팔잔디~!

율도국으로 갑시다

안 되제라 난 우리 몽룡 서방님 두고 못 가요

　　　　－ 「어사또 나리, 춘향이 해방시켜주」

그동안의 관행을 깨버린 시적 도입도 그렇거니와 열녀 춘향이에게 개가를 권하는 데 홍길동이가 이상국으로 건설했다는 율도국의 결혼관을 이슈화하고 있다. 이런 발상은 소설에서도 상상하기 어려운 파격인 것이다. 결국, 화자는 소설적인 감각과 시적인 문장 사이를 오가면서 자유롭게 그만의 문학적인 영역을 구축 실현해가고 있다. 다시

시로 돌아가 보자. 비록 춘향이가 어사또로 금의환향한 이몽룡과 옥중 해배와 꿈에도 못 잊던 사랑의 포원을 풀었다 하나 그것도 잠깐이었다. 어사또란 임무를 수행하기 위해 집을 비운 일이 자꾸만 잦아진 탓이다. 이후 긴긴 나날 밤을 하얗게 새우며 "독수공방 춘향이 한숨 쉬고 있을 제 / 어디선가 주르륵 비 오듯 내려앉은 사나이 / 오메 누구시단가요? / 놀라지 마시오, 나는 홍길동이요 / 길동 씨가 어쩐 일이시단가요? / 춘향 씨를 모시러 왔제라"라며 남녀가 유별한 세상에 큰일 날 일을 만들지 말라며 춘향이 화들짝 놀란다. 말인즉 조선조 사회적으로 용인된 일부다첩제를 비꼬면서 일부일처제를 법제화한 홍길동이가 세웠다는 율도국으로 "춘향 씨! 이팔청춘은 가고 독수공방에 안방 고목인디 괜찮소? / 우리 율도국은 신생국이지마는 일부일처제요 / 일부일처제가 뭐단가요?"라며 춘향이가 솔깃해 마음이 동한 듯했으나 한참 후에도 마음을 바꾸지 못한다. 여기서 농 같은 밀당이 이어지지만, 쉽지 않다. 궁리 끝에 춘향이는 몽룡을 떠날 수 없다며 춘향 모 '월매'와 뺑덕어멈에 그도 싫다 하니 팥쥐 엄마까지 연이어 추천하면서 대신 데려가길 원하나 말이 먹힐 리가 없다. 그런 말이 오간 직후 들이닥친 이몽룡이 춘향 안색이 좋지 않음을 묻고는 그동안 있었던 자초지종을 들은 뒤 괘씸하기 그지없는 홍길동을 잡겠다고 뛰쳐나간다. 여기에 춘향 마음이 급격히 흔들리기 시작한다. 가만 생각해 보니 누구의 여자로 살기보단 "율도국 가서 한국의 심청이처럼 아이돌이 되고 싶다고라! / 망부석 같은 안방마님은 저리 가라 / 나는 왕비 같은 건 필요 없소! / 심청이 같은 아이돌이 될 거야 / 어사또 나리 춘향이 춘향이를 해방시켜주!"리며 주체적인 삶을 살아야겠다는 작심이 선 것이다. 그렇게 다짐이 든 것은 현대 사회의 신

풍속이 되어버린 생활상이다. 일을 마친 뒤 퇴근하여 알콩달콩해야 할 저녁이 사라졌다. 그것은 연장 근무나 밤샘 근무로 종잡을 수 없는 귀가 때문이다. 어떤 경우라도 든든한 울타리가 되어야 할 가정이라는 풍속이 자본에 침식된 채 현대인들에게는 그림의 떡일 수밖에 없다. 가족보다 일이 우선인 세태에서 결혼 제도에 묶여있는 불안정한 사회 현상을 에두른 마음은 시적 표면과 달리 무겁기만 하다.

세계 3대 테너 명장이
루치아노 파바로티, 플라시도 도밍고, 호세 카레라스지요
도밍고와 카레라스는 원수지간이었지요
도밍고가 노래하는 곳엔 카레라스가 안 갔지요
1986년 카레라스가 헤르모사 백혈병에 걸렸지요
돈이 없어 카레라스가 죽어가고 있었어요
그때 어느 재단에서 카레라스를 도울 수 있을 것 같다고 했어요
그 재단 도움으로 카레라스는 건강을 찾았지요
그리고 자기를 도운 그 재단을 찾았어요
이제 내가 재단을 도울 수 있다고…
그 재단의 정관을 보고 카레라스는 깜짝 놀랐어요
그 재단의 이사장이 플라시도 도밍고였거든요
카레라스는 왜 그런 말을 나에게 해 주지 않았느냐고 물었지요
직원은 당신이 자존심상 거절할까 봐
당신을 돕기 위해 도밍고가 세운 재단입니다
그 후 도밍고의 공연에 카레라가 가서 노래를 불렀지요

그리고 무릎을 꿇고 감사의 말을 전했지요
　　— 「개똥밭에 굴러도 이승이 좋다지요」 부분

　최고가 된다는 것은 아름다운 것이다. 그렇기에 경쟁자와 순위를
다투는 모든 것도 아름다워야 한다. 그 마음들이 아름다워야 아름다
운 결과이기 때문이다. 그런데 그렇지 못한 일들이 벌어진다. 어느 분
야든 경쟁으로 맞서야 하는 상대가 된다면 질시의 대상으로 서로를
겨누게 된다. 어느 한쪽이 꼬꾸라져야 끝이 나는 것이기에 쉽게 물러
설 수도 없는 "도밍고와 카레라스는 원수지간이었지요 / 도밍고가 노
래하는 곳엔 카레라스가 안 갔지요"라며 그 둘의 관계란 것은 숙명적
일 수 있는 음악의 경지에서 수위를 다투다 보니 자연스럽게 불편한
기류가 형성되었을 것이다. 그렇다면 뻔한 이야기일 텐데 화자는 '호
세 카레라스'와 '플라시도 도밍고' 사이에 숨겨진 아름다운 비화를 알
리고 싶어 한다. 인간의 삶이 그렇듯이 각축을 세우며 무대에 섰던
그 둘의 관계가 '호세 카레라스'가 불치의 병에 걸리면서 상황이 달
라진다. 가망이 없던 호세 카레라스에게 희망이 되어준 비밀에 싸인
"그 재단의 이사장이 플라시도 도밍고"였다. 그것을 알게 된 호세 카
레라스가 감동한 것은 물론 감사의 마음을 전했고, 이후 서로의 공
연을 오가며 인간적인 관계를 성공적으로 이끌어 간다. 그들은 명망
에 걸맞은 가장 아름다운 이야기를 남긴 음악인으로 기억될 것이다.
그런 일들이 우리가 사는 세상에서 많아진다면 하는 바람이 크다. 비
록 문학 안에서 주장하는 것이지만, 사회의 진전을 향한 담론으로
볼 수 있다.

그림아!
넌 좋겠다
마음만 먹으면
언제든 떠날 수 있잖아!

떠날 수 있을까요?
난 그림 속의 배인데…
벽에 붙이는 순간 붙박이지요
나의 주인이 나를 버리는 순간
떠나려고 준비하고 있소!
그때가 언제일지 모르지만…

붙박이도 아닌 당신은
어찌 어찌하는 순간
떠날 수 있다는 거
아시죠?
  – 「그림 속의 배」 전문

　그림과 말을 나눈다. 벽에 걸린 그림에서 전해오는 생동적인 기운
이 금방이라도 기적을 울리며 출항을 할 것만 같은 '배'였던 것 같다.
그 배를 보며 가슴이 설렜고 "그림아! / 넌 좋겠다 / 마음만 먹으면 /
언제든 떠날 수 있잖아!"라며 그만 감정을 표출한 것이다. 그림 속의
배가 다시 그에 반론을 제기하면서 자신이 할 수 있는 것이라고는 아

무엇도 없다는 자조에 방점을 찍고 만다. 피차일반 상대방에 대한 일방적인 동경일 뿐이다. 그림의 배는 그저 그림에 불과하기에 파도를 박차고 앞으로 나아갈 어떤 여건도 갖추지 못했다. 그저 화가가 설정한 구도 안에서 상상만 가득했지 그림 바깥은 언감생심이다. 화자 또한 보기에는 자유로운 것 같지만, 그럴 수 없는 나름의 상황에 처해 있을 것이기에 스스로의 딜레마에 갇혀있다. 그런 화자에게 "붙박이도 아닌 당신은 / 어찌 어찌하는 순간 / 떠날 수 있다는 거 / 아시죠?"라며 방백적인 연출로 각성을 충격한다. 지금껏 판단한 모든 것을 포기할 때가 찾아올 것이다. 그 순간을 어떻게 실행할 것인가는 마음먹기에 달렸다.

밭에 흰나비들이 놀러 왔어요

점박이도 있고요

재색 작은 나비도 있네요

열무를 심었더니

전에 왔던 나비들

알을 낳아 놓고 갔던 거 같아요

이 나비들의 고향은 우리 밭이죠

알만 낳아 놓고

엄마 아빠는 자기 고향으로 날아갔나 안 보였어요

이 나비들의 고향은 여기니까

안 가고 여기서 놀아요

스케치를 하고 싶은데

워낙 취미가 없어서…

기분이 좋은 듯 앉았다 날았다

음악처럼 율동지네요

내가 작곡가라면…

넌 왜 쓰잘떼기 없는 생각을 하니?

너 잘하는 글이나 쓰렴!

나비가 말은 안 하고

춤추고 노래하고 풍경만 보여주네

너의 시인 기질이 부족한 것이여!

나비는 자연도 노래하고

부모에게 감사하고

내일을 읊고 있잖니!

네가 못 듣는 것뿐이지!

그런가!

— 「부족한 나에게 네가 못 듣는 것뿐이지!」 전문

순정한 눈빛을 파고든 풍경은 마음에서 반사한 스케치라고 보면 된다. 오래전 농촌의 전원적인 풍경이 반사되어 그려지고 있다. 그 풍경 안에 살던 사람들의 마음은 사계절을 따라 순응하며 온갖 불편도 긍정하며 무궁한 변화를 외면하지 않았다. 그런 마음으로 여유를 즐기며 바라봤을 화자의 눈이 멈춘 곳은 푸성귀가 심어진 밭이다. 그 밭에서 너울너울 날아다니는 나비 떼를 본다. '재색나비'와 '흰나비'와 '점박이'까지 마치 예전 시골 골목으로 놀러 나온 아이들처럼 한없이 여유

롭기만 하다. 그럴 만한 이유를 찾아보니 아이들처럼 그곳이 나비들의 고향이기 때문이다. 시골 아이들이 태어난 동네 어귀를 휩쓸고 쏘다녔 듯이 거칠 것이 없다. 고향이란 개념이 거의 사라져 버린 요즘 아직도 그런 태생적인 그리움을 시적으로 재현하고 싶은 화자다. 나비들의 유영을 보며 시적으로 발현한 화자의 욕망을 투사하고 있다.

「이런 날 호랑이가 장가갈 이유가 없다」에서 예전에는 합리적이거나 과학적인 근거보다 두루뭉술한 삶의 지혜나 경험에서 세상을 아름답게 빗대어 말한 경우들이 흔했다. 그렇다고 논리에 바탕한 설명을 요구하며 따져 든다는 것 자체가 불경스러운 것이었다. 그냥 그러려니 하며 어른들의 말씀을 귀담아듣곤 했다. 가을이라기에는 이른 늦여름 정도였나 보다. 그런 날 밭에서 고구마를 캐다 보니 땀도 좀 났고 상의를 벗고 일하다 보니 추워진 것이다. 거기에 간간이 햇빛도 비쳤다가 순식간에 변덕을 부려 비까지 내리는 날의 풍경이 심연 속으로 들어왔다. 그날따라 불안정한 날씨가 화자에게 시적 파문의 타래를 끌어다 준 것이다. "이런 날을 어른들은 / 호랑이 장가가는 날이라 했다 / 옛날에는 / 어른들이 그러니까 / 호랑이가 이런 날 장가가나 보다 했다"라며 지금까지 품어온 생각에다 논리적으로 접근하려 한다. 그렇다고 아예 막힌 생각이 아니라 약간의 장난기가 발동한 것이다. 우리 조상들의 지혜가 담긴 표현으로 골계를 곁들이고 있음을 알 수 있다. 단지 변화된 것이라면 옛 조상의 삶과 현시점과는 상당한 시공간의 차이가 나지만, 그래도 말 속에 담겨 있는 의미가 상당하다. 불편을 아름다운 긍정으로 환기하려 한 삶의 지혜가 조금은 황당하다 해서 잘못이라고 말할 사람은 없다.

화자는 "호랑이가 많이 살았다는 만연산 어느 동굴엔 / 호랑이 새끼가 엉금엉금 기어 다녔음 좋겠다"라고 말한다.

「조팝나무」 시는 우리의 고단한 삶의 이야기가 꽃말 속에 유래되어 있다. "흰 쌀밥처럼 생겨서 생긴 이름 / 대동아 전쟁 때 / 쌀이란 쌀은 일본놈 위 구녕을 채워주고 / 산야에 뿌려진 밥테기나무 훑어서 고사리며 고구마 줄기며 토란대 나물 섞어서 / 양재기에 넣고 비벼 먹고 싶었던 우리 어르신네들"을 상상하며 곤궁한 끼니를 때웠던 시절을 상기시킨다. 일본의 한일 강제 병합으로 인해 고통받았던 민중들의 삶이 결국은 "대원군과 민비 씨여! / 저승에서라도 정신 차리셔! / 조선 백성들에게 / 진정 미안한 마음 먹어 봤을까!"라며 안타까운 심정으로 무책임했던 그들을 질타하고 있다. 그 시대의 반동으로 아픈 시대를 살았던 인물들을 조명한 「미스터 선샤인」은 과거를 되돌아 보며 현대를 살아가는 데 있어 굵직한 서사로는 그만한 맥락을 찾기 힘들다.

손을 딱 잡았더라면 재미 없잖아유~
행랑 아범의 아스라한 눈빛
함안댁의 뻗은 손
잡힐 듯 말 듯
사랑은 그런 거라오
나, 사랑은 잘 모르지만
알 듯 모를 듯 아름다운 것

열에서 아홉은 사랑을 모르고 간다네요

you too

 – 「함안댁과 행랑 아범」 전문

고씨 가문의 가노(家奴) 행랑아범과 함안댁의 이루어지지 못한 사랑을 시적으로 비화시키고 있다. 그 전말은 함안댁의 기구한 운명 같은 인생유전에서 비롯된다. 함안 지역의 소작농의 딸로 태어나 일곱 살에 아비의 노름빚에 노비로 팔려가 이 집 저 집을 전전했다. 어찌하여 고씨 가문으로 흘러들어와 종살이를 시작한다. 열여섯에 일찍이 혼례를 하여 인생이 잘 풀려가는 듯했으나 부모 복도 없는 년은 서방 복도 없는 거라고 딱 그 말을 맞춘 듯이 스물에 역병이 들어 서방이 죽고 만다. 모든 것을 자포자기하며 힘든 생을 꾸려가고 있는 때에 가노로 있는 행랑아범의 포용적인 절제심은 과부인 함안댁의 마음을 흔들어 놓곤 했다. 그런 만큼 인고하는 고통은 클 수밖에 없다. 하지만, 둘의 관계는 딱 그만큼으로 "손을 딱 잡았더라면 재미없잖아유~ / 행랑 아범의 아스라한 눈빛 / 함안댁의 뻗은 손 / 잡힐 듯 말 듯/ 사랑은 그런 거라오"라며 막상 말은 그리 하지만, 인간적인 안타까움을 숨길 수는 없다. 진정한 사랑은 드라마와 달리 이루어지는 것이 맞기 때문이다. 그래도 다행이라면 씨 하나 남기지 않고 떠난 함안댁에게 죽은 서방이 보낸 것인가 싶게 주인 마님이 핏덩이 '애신'을 낳다 죽어 그를 어쩔 수 없이 떠맡게 된다. 가슴 아픈 핏덩이 애신을 딸처럼 떠안아 애지중지하며 온몸으로 지켜 내려 한 함안댁의 마음에는 오직 '애신'뿐이었다.

「왕검성이 있는 고조선의 땅 비탈에서」에서 핏덩이 애신이 성장하여 조선을 떠나 아득한 옛날 우리의 조상이 호령하던 고조선의 땅 '왕검성'을 바라본다. 그가 마침내 우리 조상이 그토록 피 흘려 지키려 했던 고조선의 땅에서 숙명처럼 목숨을 부지해 간다. 그런 애신은 연약한 여자의 모습이 아니었다. 당당한 사상과 애국심으로 무장한 신여성의 면모를 훌륭하게 갖추고 있었다. "당신은 당신의 조선을 구하시오 / 나는 당신을 구할 테니… / 김태리의 열정 아니 애신의 열정 / 나도 그런 열정을 한 번만 갖고 싶소"라며 휴머니즘적인 소망을 염원한다. 사람이 어떻게 살아야 하는가에 대한 고뇌는 단순하지 않다. 연이어 닥친 난감한 일들을 해결하기 위해 갖은 궁리를 다해보지만, 특별한 도리가 없다. 그러기 위해 숨겨진 역사 속의 진실도 알아야 하고 그에 따른 사람의 도리를 어떻게 실행해야 하는가를 참회하듯 반문해봐야 한다. 역사의 진실은 곧 당시의 사람들에 대한 진실을 가리는 것이어야 한다는 것으로 환기시킨다.

지방 호족이 왕을 잡아 항복했다고 써있다네요
의자왕은 자결했으나 동맥이 안 끊어져 항복했는데 그해에
사망했다네요
충격 후유증이 아닐까! 한다네요
그 시대에 신채호 선생은 구당서 신당서를 다 읽었다는 거지요
그 시대에 조선상고사를 읽은 사람은
신채호 선생이 웬 헛소리를 해 했겠지요
그 시대는 책이 귀했으니까

구당서 신당서를 읽은 사람이 별로 없었겠지요
읽었다 할지라도 널리 알릴 매체도 없었고
조선 정부의 눈치도 봐야 했겠지요

부여융의 딸이 괵나라 왕의 부인이었지요
아주 현명한 왕비였대요
아들이 왕이었을 때 돈왕굴에 이름이 새겨질 정도로
희사도 많이 한 부인이래요
왕이 데리고 간 것이 아니고 왕을 데리고 갔다니
체포해서 간 것이지요
그리고 예식진은 중국 예형의 후손이라나요
그러니까 중국에 투항한 건 당연한 거란 거지요
그의 손자의 묘비명에 의자왕을 체포해왔다고 기록되어 있대요
우리 역사 공부합시다
한문도 우리글이니 열심히 배웁시다
한글이야말로 최고지만 말입니다
– 「신채호의 조선상고사에는」 부분

신채호 선생의 조선상고사에 나온 내용을 인용하여 "지방호족이 왕을 잡아 항복했다고 써있다네요"라며 시를 통해 진실을 말하고자 한다. 한 나라가 멸망하고 흥하는 것의 싱세한 내막을 알 수 없다. 승자의 프리미엄을 얹어 당시의 역사적인 사실을 왜곡하거나 가공하는 경우가 많기 때문이다. 아무래도 한 나라를 복속한 뒤를 생각했을

것이다. 그동안 적대적이던 백성들을 선무하여 전승국의 백성으로 살게 하기 위한 고도의 전략이 숨어 있다. 전쟁의 당위성을 합리화하고 통치자의 나쁜 이미지를 굴레로 씌운 것이 유리했기 때문이다. 그중 백제 의자왕을 말할 때는 으레 많은 궁녀를 두고 향락에 빠져 백성을 돌보지 않은 왕으로 인식해 왔다. 오죽하면 유행가 노랫말에 삼천궁녀가 나왔겠는가. 의자왕은 민생에는 아예 관심이 없었다는 왜곡된 정보를 유포한 것이다. 순진한 백성들은 그런 사실을 진실로 믿을 수밖에 없다. 당시는 언로란 것이 아예 막혀 있었기 때문이다. 진실을 알고 보면 의자왕은 교활한 '예식진'에 의해 배신을 당하고 만다. 위기에 처한 의자왕이 사비성을 빠져나와 웅진성으로 피신하려다 예식진에게 묶여 당나라까지 끌려가 갖은 수모를 당하다 죽음을 맞이한 비운의 왕이었다. 그런 내용이 세상이 알려진 계기는 중국 시안에서 예식진 일가의 묘지명이 출토되면서 그 내막이 밝혀진다. 충신으로 알았던 예식진이 의자왕을 사로잡아 당나라에 포로로 바친 뒤 부귀와 영달을 구걸한 것이다. 사람을 잘못 쓴 결과는 참담하다. 사람 하나 때문에 나라 전체가 위기에 빠진 사례는 우리나라뿐만이 아니라 세계의 역사 속에 많다. 그런 사실을 더 많이 알기 위해 우리의 역사서뿐만이 아니라 외국에서 기록한 우리의 역사도 눈여겨볼 것을 주문하고 있다.

고1 어느 날 여고 시절
나도 저런 때가 있었네!
이수미는

이제 와 생각하니 첫사랑이었다는데
우리는 첫사랑 가에도 못 가 봤네요
스캔들만 나면 정학 아니면 퇴학이었으니까요
우리 학교 가까운 곳에 男高가 있었는데
축제 때 男高에서
詩 바꾸어 낭송하자고 했는데요
우리 학교 선생님이 뺨을 쳐서 돌려보냈데요
그럴 필요가 있었을까 생각이 듭니다
후배 만나면
지금도 그러냐고 묻고 싶어지더라고요
교장 선생님이 여러 번 바뀌었을 텐데
교칙도 많이 바뀌었을 것 같아요
5월 음악제 같을 때 같이 모여
건전한 모임이 있다면
男子 고르는 방법도 알아질 텐데요
여고 시절 생각나는 건 5월 음악제!
쉬는 10분 시간이면
여기서 저기서 합창 소리
이 반 저 반에서 부르니까
좋은 합창곡은
누구나 다 부를 수 있게 되더라고요
인기곡이 찔레꽃, 오 솔레미오, 라스파뇨라,
찔레꽃은 파트로 나누어 부르기에 좋은 곡이죠
슬픈 곡이고 너무 많은 반이 부르니까

점수가 낮았어요
우리 학교 졸업생 중 찔레꽃을 모르면
우리 학교 졸업생이 아니죠
어디서든 누가 부르면 낮은 파트로 음을 맞출 수 있는 곡이었습니다
생각납니다
보고 싶습니다
다들 어떻게 사는지…
－「어느 날 여고 시절」 전문

　만약에 다시 돌아가고 싶은 시절을 꼽으라면 단연 고등학교 시절일
것이다. 세상 물정을 어느 정도 알아갈 때였고 함께한 친구들의 우
정 어린 시간이 나이 들어서까지 많은 추억으로 남아있기 때문이다.
화자도 아련하기만 한 여고 시절을 떠올리고 있다. 그것도 가장 풋풋
한 기억으로 남아있는 여고 1학년 시절 이성에 대한 호기심이라도 가
질라치면 가차 없이 학칙을 들어 규제를 가했다. 그런 시기에도 요령
껏 사랑에 눈을 뜬 여학생도 있었다. 하지만, "우리는 첫사랑 가에도
못 가봤네요 / 스캔들만 나면 정학 아니면 퇴학이었으니까요 / 우리
학교 가까운 곳에 男高가 있었는데 / 축제 때 男高에서 / 詩 바꾸어
낭송하자고 했는데요 / 우리 학교 선생님이 뺨을 쳐서 돌려보냈데요
/ 그럴 필요가 있었을까 생각이 듭니다"라며 당시의 현실에서는 그럴
엄두를 내지 못했던 모범생이었나 보다. 만약에 당시 학생들의 만남
이 자유로웠더라면 남자 보는 경험을 쌓을 수 있었을 것이라고 말한
다. 즉 성장기 청소년들에게 긍정적인 기회를 차단해 버린 엄격했던

규율 제도를 지적하고 있다. 그러면서도 여고 시절 5월 음악제 때 합창을 하던 친구들과의 즐거운 시간을 회상하고 있다. 그 합창을 통해 "우리 학교 졸업생 중 찔레꽃을 모르면 / 우리 학교 졸업생이 아니죠 / 어디서든 누가 부르면 낮은 파트로 음을 맞출 수 있는 곡이었습니다"라며 아련한 당시를 떠올리고 있다. 나이 들어 그런가 싶게 그 시절이 "생각납니다 / 보고 싶습니다 / 다들 어떻게 사는지…"

자꾸만 그리워지는 것은 어쩔 수 없다. 안타깝게도 기회는 단 한 번만으로 물릴 수 없다는 것을 나중에야 깨달았다.

지금껏 왕광옥 시인의 시들을 통해 여러 유형적인 시도들을 살펴보았다. 시 유형을 살펴보며 간혹은 소설과 시의 혼입으로 파격적인 시적 상상력에 놀랐고 그 기발함에 감탄하곤 했다. 즉 시적 버전의 다양성을 통해 많은 가능성을 실현한 셈이다. 그런 시적 발현은 수없이 시의 지평을 새롭게 열기 위한 고뇌가 있었다는 것을 말해준다. 궁극적으로 시인은 시의 유형적인 전개에서 언제나 선제적으로 자유로운 변형을 꾀할 수 있다는 자부심으로 도발해야 한다는 것을 몸소 실천한 것이다. 그중 여러 시들 중 고전을 인용한 기발한 발상은 유머와 해학을 자연스럽게 결부시켜 전혀 의외의 소설 구조로 이끌어 서사를 기승전결화 한다.

또한, 매 시편마다 테마성을 강화하여 시가 안고 있는 은근한 해학의 문장력과 이미지를 상상력으로 전복하여 구사해 간다는 것 또한 왕광옥 시인만의 장점이라고 말할 수 있다. 향후 더 많은 성공적인 시의 진전을 위한 급부는 지금보다 큰 고통을 요구한다는 깃으로 이미 시의 성향 속에 내포되어 있다. 특히 왕광옥 시인의 시 전반을 관통

하고 있는 상상력 속의 풍부한 맥락은 시의 구조에서 필요한 에너지를 보급할 수 있는 충전의 보고라고 보았다. 그런 기제들을 긴요하게 활용한다면 하는 아쉬운 생각을 마지막으로 해 보았다. 시는 현재에 머물 수 없다는 말과 같다.

춘향의 반란

펴 낸 날 2025년 3월 1일

지 은 이 왕광옥
펴 낸 이 이기성
기획편집 이지희, 서해주, 김정훈
표지디자인 이지희
책임마케팅 강보현 김성욱
펴 낸 곳 도서출판 생각나눔
출판등록 제 2018-000288호
주   소 경기도 고양시 덕양구 청초로 66, 덕은리버워크 B동 1708, 1709호
전   화 02-325-5100
팩   스 02-325-5101
홈페이지 www.생각나눔.kr
이 메 일 bookmain@think-book.com

• 책값은 표지 뒷면에 표기되어 있습니다.
  ISBN   979-11-7048-827-9(03810)